A CIDADE E A INFÂNCIA

JOSÉ LUANDINO VIEIRA

A cidade e a infância
Contos

5ª reimpressão

Copyright © 2007 by Luandino Vieira e Editorial Caminho, S.A.
A Editora optou por manter a ortografia original

Capa
Mariana Newlands

Foto de capa
Andrea Jemolo/CORBIS/LatinStock (linhas)
Peter Turnley/CORBIS/LatinStock (crianças)

Revisão
Ana Maria Barbosa
Marise S. Leal

Dados Internacionais de Catalogação na Publicação (CIP)
(Câmara Brasileira do Livro, SP, Brasil)

Vieira, José Luandino, 1933
    A cidade e a infância : contos / José Luandino Vieira. — 1ª ed. — São Paulo: Companhia das Letras, 2007.

    Bibliografia
    ISBN 978-85-359-1108-4

    1. Contos angolanos (Português) I. Título.

07-7450   CDD-869.3

              Índice para catálogo sistemático:
    1. Contos : Literatura angolana em português   869.3

[2020]

Todos os direitos desta edição reservados à
EDITORA SCHWARCZ S.A.
Rua Bandeira Paulista, 702, cj. 32
04532-002 — São Paulo — SP
Telefone: (11) 3707-3500
www.companhiadasletras.com.br
www.blogdacompanhia.com.br
facebook.com/companhiadasletras
instagram.com/companhiadasletras
twitter.com/cialetras

Índice

Encontro de acaso, *9*

O despertar, *17*

O nascer do Sol, *25*

A fronteira de asfalto, *37*

A cidade e a infância, *45*

Bebiana, *59*

Marcelina, *67*

Faustino, *77*

Quinzinho, *85*

Companheiros, *91*

Glossário, *99*

ANEXOS

A libertação do espaço agredido através
da linguagem
Prefácio à 2ª edição (1977), *103*

A abrir
Prefácio à 1ª edição (1960), *133*

Para ti
LUANDA

Para vocês
COMPANHEIROS DE INFÂNCIA

ENCONTRO DE ACASO

— Olá, pá, não pagas nada?!
Um encontro de acaso. Um encontro cruel que me lembrou a meninice descuidada. Ele, eu e os outros. A Grande Floresta e o Clube Kinaxixi refúgio de bandidos. Os sardões e os pássaros. As fugas da escola.
Por detrás da Agricultura existia a Grande Floresta. Grande Floresta para nós miúdos de oito anos que fizemos dela o centro do mundo, a sede do nosso grupo de "cobóis". Mafumeiras gigantes, cheias de picos, habitadas por sardões, plim-plaus, picas, celestes, rabos-de-junco.
Um encontro de acaso!
Sempre fui amigo dele. Desde pequeno que era o chefe do bando. As pernas tortas, as feições duras, impusera-se pela força. Da sua pontaria com a fisga nasceu o respeito como chefe. Nós gostávamos dele porque tinha imaginação. Inventava as aventuras na água suja que se acumulava na floresta. Foi o inventor das jangadas que nos levariam à conquista do reduto dos Bandidos do Kinaxixi. Ah! O Kinaxixi dos bailes ao domingo.

Ele nos mandou despir a todos e meter na água, em direcção ao clube e matar os bandidos. E os nossos corpos escuros, de brancos que brincavam todo o dia nas areias vermelhas, que jogavam a bola-de-meia com rede bem feita pelo Rocha, que comiam quicuerra e açúcar preto com jinguba, metiam-se na água vermelha e avançavam para o Kinaxixi.

Um encontro de acaso!

Como são dolorosas as recordações! Oh, quem me dera outra vez mergulhar o corpo na água suja e ter a alma limpa como nos tempos em que ele, eu, o Mimi, o Fernando Silva, o João Maluco, o Margaret e tantos outros, éramos os reis da Grande Floresta.

Mas tudo se modificou e só a ferida feita pela memória persiste ainda.

Tractores invejosos a soldo de bandos de inimigos desconhecidos invadiram-nos a floresta e derrubaram as árvores. Fugiram os sardões e as pica-flores. As celestes e os plim-plaus. Planos maquiavélicos de engenheiros bem pagos libertaram as chuvas. E nunca mais houve ataques ao Kinaxixi.

Fomos crescendo.

A vida separou-nos. Cada um com a sua cela nesta imensa prisão. Não éramos mais os cavaleiros da Grande Floresta. Uns continuaram a estudar. Outros trabalham. Ele não continuou a estudar. Mais tarde soube que tinha tentado ir clandestinamente para a América, dentro de um barril, mas que fora descoberto perto de Matadi.

A vida fez dele um farrapo. As companhias que a vida lhe trouxe modificaram-no. O seu espírito de aventura compatibilizou-se com a rufiagem. E quando o via nas ruas, ao sol, as pernas cada vez mais arqueadas, a voz rouca, a pronúncia de negro, dirigindo os pretos na colocação de tubos para a conduta da água, ficava a olhar para ele.

Já não me conhecia. Era-lhe estranho. E eu quase chorava ao ver ali o meu chefe da Grande Floresta, que não me cumprimentava, farrapo da vida.

Muitas vezes tentei a aproximação, mas só o olhar de ódio dele me respondia.

Reconhecer-me-ia ele por detrás do meu disfarce feito de fazenda e *nylon*, de uma barba bem escanhoada, dos meus sapatos engraxados? Não, ele não podia ver que eu era o mesmo menino do bando, que comia com ele jinguba e peixe frito na loja do velho Pitagrós. Ele não podia ver que eu era o sócio dele nas grandes rifas que fazíamos.

Ah! Aquelas rifas... Como eu tenho saudades delas. Nos degraus da casa grande, à entrada para a mercearia, com a *Guerra Ilustrada*, *Neptuno* e outras revistas de guerra que o consulado nos dava, armávamos as grandes rifas anuais. Aparos velhos. Tinteiros com água e tinta. Sabonetes de cinco tostões. Com a capa e a folha do meio a cores, de uma revista, duas revistas. E sempre o prémio bom com o número bem à vista, mas que nunca estava na rifa.

E os tamarindos melaços e mucefos que a Joana Maluca nos trazia do Bungo?

Ele não podia ver que eu era o mesmo. Mas eu, por detrás daqueles modos bruscos, daquela voz rouca, via o mesmo chefe, sedento de aventuras, que matava rabos-de-junco só com uma fisgada. O chefe que conseguiu subir a uma mafumeira.

E ontem eu vi-o outra vez. Há tanto tempo que o não via! Mas já não era o mesmo chefe, nem o rapaz das ruas que colocava tubos para a nova conduta de água. Era o produto das fases que atravessara.

No meu deambular pelo musseque, casa da Toninha, Bar América, Colonial, parei diante duma taberna. Escuro cá fora, escuro lá dentro. Só o brilho dos corpos e das garrafas. Um candeeiro meio apagado. Cá fora chegavam até mim os ecos esborrachados dum baião tocado em harmónica de boca. Pelas frinchas ele fugia.

Por mim passaram dois mulatos em discussão. De longe vinha o som dum baile. Baile em terreno batido, à pouca luz dos petromaxes, quase que apostava!

Empurrei a porta e entrei na taberna. Sombras. Ao centro a mesa, as garrafas, os copos. Num canto um par de bêbados dormia. De pé, um negro batia com o pé descalço no chão e marcava o compasso duma música que a sua boca tirava da harmónica. O outro negro magrinho dançava com ele, o chefe da Grande Floresta. O espectáculo tinha tanto de estranho como de belo. Sombras pinceladas pela luz amarela do candeeiro, personagens irreais. Um negro de pé. Só se viam os olhos brilhar e os pés a bater o ritmo duma canção de instrumento barato.

O outro negro, que se torcia e retorcia na febre do ritmo, tocado de leve pela luz, amarfanhado pela sombra da própria cor, dançava com ele, de pernas mais tortas, cabelo a cair para a testa, os olhos raiados de sangue. Fiquei durante momentos na contemplação daquele quadro.

Depois o negro da harmónica parou. Os dois que ressonavam no chão foram sacudidos a pontapé.

Eu estava ali a olhar para tudo. Ele avançou para mim, cambaleando. Os dois negros atrás olharam admirados. Ele chegou-se. Conservei-me quieto. O seu hálito tocava-me. Suportei tudo e inconscientemente sorri. Ele despertava em mim todas as imagens da minha infância. Por isso eu sorria, com um sorriso que o tocou. Olhou bem para mim e bateu-me no ombro.

— Olá, pá, não pagas nada?!

E eu vi no brilho dos seus olhos mortiços e raiados de sangue que me tinha reconhecido. E na noite quente, eu e ele falámos muito, toldados ambos pelo palhete da taberna. Nunca me soube tão bem vinho palhete!

Cá fora, sumindo-se na escuridão, negra como eles, os dois amigos cambaleavam abraçados. E o da harmónica tirava do instrumento uma música que parecia arroto de bêbado através de palhetas, mas que no fundo era a canção de todos nós, meninos brancos e negros que comemos quicuerra e peixe frito, que fizemos fugas e fisgas e que em manhãs de chuva deitávamos o corpo sujo na água suja e de alma bem limpa íamos à conquista do reduto dos bandidos do Kinaxixi.

13-9-54

O DESPERTAR

Abre a janela do quarto perdido na confusão do bairro e olha. Fora o Sol está a nascer. E com ele renasce a vida adormecida. Todos os sons se levantam e as cores se avivam.

Boceja. E o bocejo faz eco no quarto vazio onde a única nota colorida é dada pelas lombadas dos livros, azuis, vermelhas, amarelas... Abandonados, os sapatos de cordões dispersos olham a parede.

Fora realmente o Sol está a nascer. Mas no quarto ainda está tudo na semiobscuridade. Ele olha em torno de si e um leve sorriso levanta-se dos lábios finos e secos. As pálpebras batem sono.

Lá fora está um lindo dia. Os pardais cantam nos braços dos muxixeiros.

Passam negras de quindas à cabeça e panos coloridos. Fica no ar um cheiro a peixe fresco. Do Sul vem o apito do comboio. O comboio das seis que vem buscar os operários.

Com a luz que mansamente vai invadindo tudo, a face dele toma aspecto mais sério e os olhos não têm já aquele brilho que lhe dera o cantar dos pardais. Nem as mãos têm tanta vida, como quando abriu a janela de par em par e deixou entrar o ar da madrugada em lufadas de esperança.

Na noite é ele o senhor. Mas o dia domina-o. Algema-o. A luz do Sol abate-o. A noite é o sonho.

Mais perto da curva o comboio apita outra vez. O apitar de um comboio na madrugada é triste. Tristes são também os homens que sobem para ele na paragem do Quilómetro Cinco. Deixam-se levar para as oficinas, enquanto nos cérebros os sonhos que ainda os acompanham, vindos da noite, se esvaem devagar. Devagar que é mais doloroso.

Mas ele ali está. A janela aberta, loucamente aberta para os raios de Sol e para o cantar dos pardais nos muxixeiros.

Ontem o nascer do dia fora também lindo. E anteontem também. Mas não notara. Só hoje. E hoje porquê? Talvez a liberdade. A solidão. O prazer de se encontrar só, de poder contar só com ele. De começar aquele jogo emocionante da luta do Homem com a Vida. Até ali não vivera.

De pequeno, sonhos de brinquedos a brincarem no coração, pasta a tiracolo, a escola. Depois o Liceu. Momentos de alegria. Mas com o tempo veio o conhecimento dos factos e dos homens. Perdeu o interesse no estudo porque morreram as suas ilusões. A família nunca lhe vaticinara grande futuro. Não tinha qualidades de trabalho.

Realmente só trabalhava com gosto quando o trabalho lhe dava prazer. E o preço de tudo o que comprava media-se pela satisfação que lhe davam os objectos adquiridos. Por isso gastava mais que ganhava.

Mas tudo isto tinha passado e não contava já!

Agora era livre. LIVRE. Soava bem esta palavra. Despertava ecos interiores até ali adormecidos. Depois daqueles meses de prisão soava bem! Soava melhor que antigamente. Agora tinha um sabor a conquista. Levemente tocada de tragédia. Tragédia? Talvez para os outros. Para ele fora simplesmente natural. Fora aquilo que sentira que era. Lógica e natural. E tomava-o um grande prazer, um prazer que quase o levava às lágrimas, quando recordava.

Quando recordava como agora, deitado de costas, na cama aberta e desfeita, com um raio de Sol a brincar-lhe nos cabelos revoltos.

Quando cá fora, no chão vermelho, as quitandeiras deixavam marcados os pés disformes de percorrerem sempre o mesmo caminho. E os negros serventes da Câmara preparavam café aguado em latas servidas a azeite e deixavam que o aroma subisse com o fumo.

Era uma história triste. Ou alegre. Ou simplesmente uma história. No momento podia ter sido algo triste. Mas não irremediavelmente triste, porque havia a alegria da novidade. Quando o pai o não quis mais em casa ele continuou no mesmo emprego. A cabeça estava cheia de bons conceitos.

O choque com o mundo amedrontou-o um pouco. A pouca experiência fê-lo duvidar das suas possibilidades. Mas venceu e instalou-se na Vida. Tinha trabalho.

Habitava um quarto simples com a janela voltada para o sol-nascente que todos os dias brincava nas lombadas azuis, amarelas e vermelhas dos seus livros. Uma cama, uma secretária de leilão e uma cadeira. Muitos sonhos. Sentiu o prazer e o amargor da solidão. Sentiu a felicidade da liberdade.

Apareceram então os amigos. Os conhecimentos. Amigos que o despertaram. Que o arrancaram do bairro tranquilo de ruas de barro vermelho e o levaram para a agitação das luzes e da espuma das bebidas.

Começou a perder o respeito e a confiança nos outros. Ele encontrava, nos sítios para onde o levavam, pessoas que sempre julgara modelos. Pessoas de grandes responsabilidades. Chefes de família. Os amigos contavam-lhe histórias de fraudes e negócios escuros de quase todos os que lhe haviam mostrado como exemplos de honestidade. De moralidade. De exemplos a seguir.

E quando a bebida lhe chegava ao cérebro e as prostitutas o excitavam ele ria. Ria muito alto. Os homens respeitáveis, na sombra do bar, ficavam a olhar aquele aprendiz da Vida que se ria com os olhos molhados na direcção deles, amargamente pousados neles.

Muito assunto interessante o apaixonou. Aprendeu muito. Mas caíram muitas das suas ideias anteriores. As mais puras.

Num bar à beira-mar, com ondas a desfazerem-se em espuma nas estacas e luar testemunha de encontros na areia, ele conheceu uma mulher.

Elas viviam todas a mesma Vida. Vidas que giravam naquele universo de bebidas e venda do corpo. A luz era baça para dar ambiente. E elas eram pintadas, muito pintadas. Algumas escondiam olhos azuis no fundo de olheiras negras. Mas aceitavam tudo com naturalidade. Era tudo lógico. Tudo era apenas para ganharem pão.

Nas mesas homens de idade avançada desfaziam-se em sorrisos e ficavam por momentos mergulhados na ilusão do rejuvenescimento. Porque elas eram pródigas em carinhos. Eles tinham dinheiro. E quando alguém descobria a verdade ou se lembrava da verdade, havia nos seus sorrisos rictos de tristeza que abafavam mergulhando-os nos copos espumantes.

Foi ali que encontrou a mulher que o desejou. Ele queria dela o desejo desinteressado. Queria que o luar e o mar fossem as únicas testemunhas dos seus encontros.

Ela gostava dele. Mas precisava de dinheiro para viver, o emprego dela era aquele. Os outros estavam vedados para ela. Custava-lhe aceitá-la como era. Sonhara sempre a mulher muito diferente. Nunca lançada ferozmente na conquista do pão. E de uma maneira trágica.

Queria a posse desinteressada, beijada pela espuma do mar, na areia amarela.

E tudo acabou quando ela lhe confessou que estava grávida dum outro homem. A solução era só uma. Não podia ficar sem trabalhar alguns meses para depois ter a despesa dum filho. E foi tão simples, tão natural, tão sem culpa na sua confissão, que ele fugiu e nunca mais voltou ao bar da beira-mar.

Quando ele devia a quase toda a gente, quando os amigos fugiam dele com medo dos empréstimos, fez aquilo que sentia natural. Roubou donde havia.

Depois a prisão e o julgamento. Mas nada do que sucedeu lhe absorveu o pensamento. Era como se tudo se passasse fora dele. E foi com lógica e naturalidade que respondeu no julgamento. Feriu muitas pessoas com as respostas. Respondeu o que sentia. Foi condenado e os jornais falaram do caso e da impassibilidade do réu. Naturalidade do ladrão nato, perigoso para a sociedade.

A prisão foi para ele de grande utilidade. Nos longos momentos de solidão reviu o que passara e pensou muito. Acusou-se do que tinha culpas. Era a menor parte. E tirou de tudo a grande lição.

Foi nessas noites de intensa vigília que readquiriu a confiança em si. E viu que o caminho não estava irremediavelmente escuro. Só era preciso acender a luz. E a luz veio com a madrugada e os pardais cantando nos muxixeiros. E com as quitandeiras que deixavam no ar um cheiro a peixe fresco.

Toda a lição da Vida fora bem estudada. Agora sairia de

sorriso nos lábios com o sol a brincar nos seus cabelos e procuraria emprego. Um emprego manual. Seguiria com a Vida. Devia vivê-la.

Seguiria e com as mãos pequenas, agora calosas das grades da prisão, trabalharia. Tinha a Vida à sua frente. Tinha mãos para a possuir!

E continuaria a sorrir para o sol a entrar pela janela. Pela janela voltada para os muxixeiros enquanto lá em baixo, na rua de barro vermelho, o aroma do café aguado dos negros da Câmara subia como fumo...

19-4-55

O NASCER DO SOL

À memória do Carlitos

Naquele tempo já os meninos iam para a escola, lavados, na manhã lavada, de meias altas de escocês e sacolas de juta.

Era o tempo dos catetes no capim e das fogueiras no cacimbo. Das celestes e viúvas em gaiolas de bordão à porta de casas de pau-a-pique. As buganvílias floriam e havia no céu um azul tão arrogante que não se podia olhar.

Era o tempo da paz e do silêncio entre cubatas à sombra de mulembas.

Pelo caminho de areia, por detrás da fábrica do gelo, passando pelo sapateiro da esquina

> *Sapateiro remendeiro*
> *Come as tripas do carneiro...*

as crianças seguiam para a escola.

Depois nos recreios havia desafios de futebol e jogo do eixo

> *Três*
> *Maria Inês*

*Um pulinho prò chinês
outro prò landês!*

E quando começavam os castigos muitos fugiam e eram apedrejados.

Outros, na terra vermelha batida pelos pés, jogavam a bilha com esferas de aço ou burgaus redondos.

— Último — gritava um.

— Último infinito — dizia outro, satisfeito por ficar atrás. E o mulato Marau rebrilhava os olhos e gritava:

— Último infinito piriquito!

Era o último incontestavelmente.

À noitinha, no regresso a casa, depois das aulas da tarde, brincavam às cassumbulas e à revista geral

*Revista geral
Ninguém me revista até findéle.*

O apontado ficava imóvel, esperando que lhe esvaziassem os bolsos de tudo excepto o lenço — como era das regras.

Havia pancada com os batoteiros que fugiam para não entregarem o que tinham nas algibeiras. E os corpos lavados de manhã vinham escuros da areia amarela e vermelha dos caminhos. As meias altas de escocês abaixadas, enrodilhadas nas pernas sujas e cheias de arranhões do futebol.

Ora naquele tempo quase todos os do bairro — a Quinta dos Amores — andavam no Liceu.

À tardinha reuniam-se no velho cajueiro, centro do mundo para eles, e puxavam fumadas às escondidas. Cigarros baratos. *Chupeta* e *DK 1.*

Foi nesse tempo que chegou a menina da bicicleta. Trouxe atrás de si o alvoroço para os garotos. Na saia vermelha e na bicicleta. Nos olhos negros. E todos os dias,

quando o Sol se escondia por detrás da torre do Liceu e pintava o céu de laranja-claro, ela saía a passear. Direita no selim, os cabelos negros ao vento. Os garotos sonhadores, habitantes dum reino até ali sem raparigas, sentavam-se nos montes de areia e pedra das construções e ficavam a olhá-la. Olhavam-na e sorriam-se. Discutiam.
— Ela olhou para mim!
— Para ti? Com esse cabelo?
O Margaret, louro e magro, gritava para o primo:
— Tu tens é raiva! A mim ela grama-me. 'tou convidado para os anos do irmão!
Havia risos e troças. O Margaret irritava-se e jogava à pancada com o primo. Como habitualmente.
Quando a noite caía, o criado do Zito aparecia a gritar:
— Menim Zito, a senhora tá chamar.
O grupo desfazia-se. Da casa do Antoninho, o primo do Margaret, vinha o barulho do pai, zangado pela hora tardia a que chegava. Mas a culpa não era dele, era da menina da bicicleta. Que dantes, quando eles pensavam apenas em fisgas e caçadas a sardões e explorações pelas barrocas da Companhia Indígena, a mãe só fazia barulho pelas camisas rotas e sujas de nódoas de caju. E pelas feridas que eles cobriam de areia para cicatrizarem.
Mas o Sol nasceu várias vezes e as goiabas amadureceram nos quintais. As buganvílias refloriram. Buços mal desenhados apareceram sobre os lábios dos mais velhos. E veio a menina da bicicleta. A vida absolutamente livre até ali, parava agora às quatro horas e eles sentavam-se na areia amarela que camionetas tinham trazido para a obra em construção e brincavam. Os mais velhos saltavam sobre os mais novos e lutavam até eles se renderem. O que vencia era o marido. Os fracos, os vencidos, eram as mulheres. E havia insultos à mistura com areia nas bocas. E gritos de triunfo.

— Já te fiz vinte filhos!
— Eu sou um cavalo negro, tu és uma égua branca!
Pela tarde, a brincadeira prolongava-se até ao cansaço. Depois ficavam de cara voltada para a lua, sobre a areia agora espalhada misturando-se com o barro vermelho dos caminhos. O guarda da obra vinha depois correr com eles. Mas alguns ficavam ainda pela noitinha, encostados ao muro da casa do Zito, um muro de blocos nus, vendo a menina pedalar.

Na noite havia sonhos interrompidos pelo doer dos picos das piteiras, espetados por todo o corpo. As mães levantavam-se e carinhosamente tiravam os espinhos amarelos. E no outro dia, na manhã lavada, lá se iam novamente para a escola e para o liceu.

Não sei quando foi que alguns começaram a aparecer sempre lavados e calçados. Talvez depois que a menina da bicicleta começou a falar-lhes. E a sorrir. Ou também porque o cacimbo se aproximava. Porque antigamente andavam descalços e sem camisa pelas barrocas à procura dos cajus vermelhos e amarelos atrás da Companhia Indígena. Na volta, os corpos cheios de nódoas, os bolsos cheios de cajus, trocavam entre si mentiras.

— Eu apanhei o maior. Era assim!
E o Toninho fazia com as mãos um gesto exageradíssimo.
— Eheheheheheh... mentira!
— Mentira mete no saco!
E depois sorria, apanhado em flagrante, e emendava ainda exagerado.
— Mas era assim!
Todos sorriam. O Margaret aproveitava o pretexto para outra luta.

Vinham à hora em que os pássaros carraceiros passavam em direcção ao Sul. Muitos tentavam matá-los à fisgada ou com flechas de catandu atiradas por arcos de ramos de buganvília.

Mas foi talvez depois que a menina da bicicleta se dependurou nas barbas da mulemba e deixou que a empurrassem, que alguns começaram a aparecer sempre limpos e calçados.

As folhas das goiabeiras caíram. As gajajeiras ficaram nuas. Já pelas ruas andavam quitandeiras vendendo laranjas e limões. O prédio, há meses ainda em alicerces, onde se brincava às escondidas, levantava agora, contra a Quinta dos Amores de casas antigas de mangueiras e goiabeiras nos quintais, o orgulho do seu primeiro andar.

Os garotos brincavam às escondidas na mesma. Agora, nas noites do luar, sobre os andaimes de tábuas soltas. E os pais gritavam a sua inquietação de dentro dos quintais de hortaliças:

— Vem p'ra casa, Toninho! Se t'apanho...
— Ó Luís, desce daí! Ah, cão! Se te ponho a mão...

Mas eles, surdos aos gritos e aos perigos, corriam descalços sobre os andaimes, de tronco nu, pelos barrotes que seguravam as tábuas, trepavam pelas paredes e o jogo das escondidas era um grande filme onde todos tinham um papel de perigo.

Foi já depois de a casa ter telhado, mas não estava ainda forrada, que sucedeu ao Zito o que os outros ainda hoje aproveitam para o irritar. Depois de ter sido dos primeiros a convencer-se de que a menina da bicicleta gostava dele, de começar a andar calçado por entre a galhofa dos companheiros, ficava à noite sentado no muro de blocos nus a olhar o portão dela. Mas quando, para o primeiro andar da casa em que ela morava, veio instalar-se uma família numerosa, cuja filha mais velha — dezoito anos de olhos azuis prenhes de amor — andava no colégio das madres,

Zito passou a olhar as janelas do primeiro andar, sob a noite luarenta e o chiar dos morcegos nas goiabeiras.

Aos domingos de manhã, quando o Toneca e o irmão iam para a missa, o Toninho para o Bungo para casa da prima, ele, o mais velho a seguir, sorrateiramente dirigia-se para a casa em construção e subia para o forro do telhado. E ali ficava horas perdidas espreitando pelas frinchas o primeiro andar, esperando pelo olhar da menina de olhos azuis. Sonhava deitado de barriga sobre barrotes, os olhos fixos nas janelas.

Num domingo, quando o sol convidava para a praia e os meninos iam para a missa, assobiando a sua alegria para dentro dos quintais, Zito foi para a casa, para o refúgio da sombra do telhado, espreitar a menina dos olhos azuis.

Sentia dentro dele um calor estranho, um formigar que o fazia não estar parado, que lhe pedia algo que ele tentava desesperadamente agarrar quando se deitava de costas à sombra do cajueiro.

Já o Sol ia alto e os negros dos jornais andavam pelas ruas, quando a descobriu no banho. A janela estava aberta para a manhã. Ela, só, os cabelos despenteados. O chuveiro pingava. Depois jorrou numa chuva de luz a água batida pelo sol.

Firmemente agarrado ao barrote do telhado, os olhos postos na janela, sentia o calor que trazia dentro de si tornar-se mais forte, invadi-lo, sufocá-lo. A cabeça andava às voltas. Já antes tinha sentido o mesmo. Quando pela tardinha, em casa, espreitava a filha da lavadeira que se vestia. E quando, vermelho e atrapalhado, lhe fazia convites.

Mas agora ali havia a água em luz sobre um corpo moreno. Fechou os olhos e o suor caiu da testa em pingos grossos sobre o barrote. Abriu-os novamente e fitou-a maravilhado. A vida caminhava luminosa à flor da pele bronzeada.

Aos olhos espantados do rapaz ela desfolhava-se. O longo traço dos braços morenos e quentes até ali só antevistos por detrás de chitas e sedas. Os seios túmidos como cajus que ele via pela primeira vez. A penugem fina que brilhava, molhada.

O corpo doía da posição. Tudo se começou a turvar no cérebro. A cabeça girava e ele sentia o sangue latejar com força contra as paredes das veias. A mão nervosa soltou-se do barrote. O equilíbrio piorou. Possuiu-a solitário.

E só quando as costas bateram duro contra o andaime do rés-do-chão e se sentiu depois abater cá em baixo, de costas, sobre o monte de burgau, é que deu acordo de si. Levantou-se a correr e fugiu. Fugiu para a sombra do velho cajueiro. Chorou.

Lá em cima o encontraram os companheiros. E a troçar o fizeram confessar. Todos quando ele acabou ficaram calados. Olharam-se. Depois viraram-se lentamente para o primeiro andar amarelo-sujo. Decididamente todos se dirigiram para a obra em construção.

Cedo nesse dia a noite caiu. Os picos das piteiras não os incomodaram. O cansaço e a excitação deram-lhes um sono profundo.

No outro dia o Sol nasceu. E havia nos olhos dos garotos a caminho das escolas, misturado com a antiga expressão ingénua, um brilho malicioso de sexualidade.

7-7-55

A FRONTEIRA DE ASFALTO

1

A menina das tranças loiras olhou para ele, sorriu e estendeu a mão.
— Combinado?
— Combinado — disse ele.
Riram os dois e continuaram a andar, pisando as flores violeta que caíam das árvores.
— Neve cor de violeta — disse ele.
— Mas tu nunca viste neve...
— Pois não, mas creio que cai assim...
— É branca, muito branca...
— Como tu!
E um sorriso triste aflorou medrosamente aos lábios dele.
— Ricardo! Também há neve cinzenta... cinzenta-escura.
— Lembra-te da nossa combinação. Não mais...
— Sim, não mais falar da tua cor. Mas quem falou primeiro foste tu.

Ao chegarem à ponta do passeio ambos fizeram meia volta e vieram pelo mesmo caminho. A menina tinha tranças loiras e laços vermelhos.

— Marina, lembras-te da nossa infância? — e voltou-se subitamente para ela. Olhou-a nos olhos. A menina baixou o olhar para a biqueira dos sapatos pretos e disse:

— Quando tu fazias carros com rodas de patins e me empurravas à volta do bairro? Sim, lembro-me...

A pergunta que o perseguia há meses saiu finalmente.

— E tu achas que está tudo como então? Como quando brincávamos à barra do lenço ou às escondidas? Quando eu era o teu amigo Ricardo, um pretinho muito limpo e educado, no dizer de tua mãe? Achas...

E com as próprias palavras ia-se excitando. Os olhos brilhavam e o cérebro ficava vazio porque tudo o que acumulara saía numa torrente de palavras.

— ... que eu posso continuar a ser teu amigo...
— Ricardo!
— Que a minha presença em tua casa... no quintal da tua casa, poucas vezes dentro dela!, não estragará os planos da tua família a respeito das tuas relações...

Estava a ser cruel. Os olhos azuis de Marina não lhe diziam nada. Mas estava a ser cruel. O som da própria voz fê-lo ver isso. Calou-se subitamente.

— Desculpa — disse por fim.

Virou os olhos para o seu mundo. Do outro lado da rua asfaltada não havia passeio. Nem árvores de flores violeta. A terra era vermelha. Piteiras. Casas de pau-a-pique à sombra de mulembas. As ruas de areia eram sinuosas. Uma ténue nuvem de poeira que o vento levantava cobria tudo. A casa dele ficava ao fundo. Via-se do sítio donde estava. Amarela. Duas portas, três janelas. Um cercado de aduelas e arcos de barril.

— Ricardo — disse a menina das tranças loiras —, tu

disseste tudo isso para quê? Alguma vez te disse que não era tua amiga? Alguma vez te abandonei? Nem os comentários das minhas colegas, nem os conselhos velados dos professores, nem a família que se tem voltado contra mim...

— Está bem. Desculpa. Mas sabes, isto fica dentro de nós. Tem de sair em qualquer altura.

E lembrava-se do tempo em que não havia perguntas, respostas, explicações. Quando ainda não havia a fronteira de asfalto.

— Bons tempos — encontrou-se a dizer. — A minha mãe era a tua lavadeira. Eu era o filho da lavadeira. Servia de palhaço à menina Nina. A menina Nina dos caracóis loiros. Não era assim que te chamavam? — gritou ele.

Marina fugiu para casa. Ele ficou com os olhos marejados, as mãos ferozmente fechadas e as flores violeta caindo-lhe na carapinha negra.

Depois, com passos decididos atravessou a rua, pisando com raiva a areia vermelha e sumiu-se no emaranhado do seu mundo. Para trás ficava a ilusão.

Marina viu-o afastar-se. Amigos desde pequenos. Ele era o filho da lavadeira que distraía a menina Nina. Depois a escola. Ambos na mesma escola, na mesma classe. A grande amizade a nascer.

Fugiu para o quarto. Bateu com a porta. Em volta o aspecto luminoso, sorridente, o ar feliz, o calor suave das paredes cor-de-rosa. E lá estava sobre a mesa de estudo "... Marina e Ricardo — amigos para sempre". Os pedaços da fotografia voaram e estenderam-se pelo chão. Atirou-se para cima da cama e ficou de costas a olhar o tecto. Era ainda o mesmo candeeiro. Desenhos de Walt Disney. Os desenhos iam-se diluindo nos olhos marejados. E tudo se cobriu de névoa. Ricardo brincava com ela. Ela corria feliz, o vestido pelos joelhos, e os caracóis loiros brilhavam. Ricardo tinha uns olhos grandes. E subitamente ficou a pensar no mundo para lá da rua asfaltada. E reviu as casas de pau-a-pique onde viviam famílias numerosas. Num quarto como o dela dormiam os quatro irmãos de Ricardo... porquê? Por que é que ela não podia continuar a ser amiga dele, como fora em criança? Por que é que agora era diferente?

— Marina, preciso falar-te.

A mãe entrara e acariciava os cabelos loiros da filha.

— Marina, já não és nenhuma criança para que não compreendas que a tua amizade por esse... teu amigo Ricardo não pode continuar. Isso é muito bonito em criança. Duas crianças. Mas agora... um preto é um preto... As minhas amigas todas falam da minha negligência na tua educação. Que te deixei... Bem sabes que não é por mim!

— Está bem, eu faço o que tu quiseres. Mas agora deixa-me só.

O coração vazio. Ricardo não era mais que uma recordação longínqua. Uma recordação ligada a uns pedaços de fotografia que voavam pelo pavimento.

— Deixas de ir com ele para o liceu, de vires com ele do liceu, de estudares com ele...

— Está bem, mãe.

E virou a cabeça para a janela. Ao longe percebia-se a mancha escura das casas de zinco e das mulembas. Isso trouxe-lhe novamente Ricardo. Virou-se subitamente para a mãe. Os olhos brilhantes, os lábios arrogantemente apertados.

— Está bem, está bem, ouviu? — gritou ela.

Depois, mergulhando a cara na colcha, chorou.

2

Na noite de luar, Ricardo, debaixo da mulemba, recordava. Os giroflés e a barra do lenço. Os carros de patins. E sentiu necessidade imperiosa de falar-lhe. Acostumara-se demasiado a ela. Todos aqueles anos de camaradagem, de estudo em comum.

Deu por si a atravessar a fronteira. Os sapatos de borracha rangiam no asfalto. A lua punha uma cor crua em tudo. Luz na janela. Saltou o pequeno muro. Folhas secas rangeram debaixo dos seus pés. O *Toni* rosnou na casota. Avançou devagar até à varanda, subiu o rodapé e bateu com cuidado.

— Quem é? — a voz de Marina veio de dentro, íntima e assustada.

— Ricardo!

— Ricardo? Que queres?

— Falar contigo. Quero que me expliques o que se passa.

— Não posso. Estou a estudar. Vai-te embora. Amanhã na paragem do maximbombo. Vou mais cedo...

— Não. Precisa de ser hoje. Preciso de saber tudo já.

De dentro veio a resposta muda de Marina. A luz apagou-se. Ouvia-se chorar no escuro. Ricardo voltou-se lentamente. Passou as mãos nervosas pelo cabelo. E subitamente o facho da lanterna do polícia caqui bateu-lhe na cara.

—Alto aí! O qu'é que estás a fazer?

Ricardo sentiu medo. O medo do negro pelo polícia. Dum salto atingiu o quintal. As folhas secas cederam e ele escorregou. O *Toni* ladrou.

— Alto aí seu negro. Pára. Pára negro!

Ricardo levantou-se e correu para o muro. O polícia correu também. Ricardo saltou.

— Pára, pára seu negro!

Ricardo não parou. Saltou o muro. Bateu no passeio com violência abafada pelos sapatos de borracha. Mas os pés escorregaram quando fazia o salto para atravessar a rua. Caiu e a cabeça bateu pesadamente de encontro à aresta do passeio.

Luzes acenderam-se em todas as janelas. O *Toni* ladrava. Na noite ficou o grito loiro da menina de tranças.

Estava um luar azul de aço. A lua cruel mostrava-se bem. De pé, o polícia caqui desnudava com a luz da lanterna o corpo caído. Ricardo, estendido do lado de cá da fronteira, sobre as flores violeta das árvores do passeio.

Ao fundo, cajueiros curvados sobre casas de pau-a--pique estendem a sombra retorcida na sua direcção.

7-7-55

A CIDADE E A INFÂNCIA

A cabeça ardia em febre. O corpo doía de sempre deitado. Os olhos brilhantes e o hálito quente. A família à volta. A mãe, cansada, o irmão loiro desgrenhado, sorrindo, o pai. A irmã, choramingando remorsos, repetia como uma louca:

— Vai morrer. Sou eu a culpada... fui eu...

O irmão foi à janela espreitar. Cá fora o sol era vida nos muros brancos.

O pai olhava o filho doente. Como tinha havido tanta divergência entre eles? Agora a aproximação da morte reunira-os outra vez.

De fora apitou um automóvel. Um apito rouco. Com esse ruído que chegou diluído veio a recordação do Zizica... o Zizica...

1

— Olha o Zizica... olha o Zizica!

O miúdo loiro entrou a correr pela sapataria, derrubou

a lata com água da sola, atravessou uma sala e chegou ao quintal. O irmão estava em cima do telhado comendo bagas de mulemba.

— Zito, Zito, o zizica, o zizica!

Cá fora ouvia-se o ruído dum automóvel, um *Chevrolet* antigo, descapotável, que ao passar fazia

zizizizizizizi

Zito desceu precipitadamente pela mulemba e correu para a porta. E ficaram os dois a olhar o velho carro que fez a curva e foi parar em frente à loja do Silva Camato. Aquele velho carro a que eles chamavam o zizica.

A rua era de areia vermelha. Poucas casas novas. Apenas o edifício do Lima, loja e padaria. Depois uma casa de pau-a-pique com telhado de zinco onde morava a Talamanca, aquela mulata maluca que fazia as brincadeiras da miudagem com pedradas e asneiras, quando eles lhe saíam à frente puxando pelas saias e gritando

Talamanca talamancaéééééééé

E às vezes passava também aquele negro velhinho, o Velho Congo. E os pequenos negros, mulatos e brancos, calções rotos e sujos, corriam-no à pedrada, e depois fugiam para casa gritando

Velo congo uáricooooongooo

Morava também o senhor Abano, velho marinheiro de barcos de cabotagem com a família e a branca Albertina que dava farra todas as noites. O vinho corria e depois na quentura luarenta da noite ficavam amando-se, ressonando em esteiras estendidas no quintal à sombra de frescas mandioqueiras.

A mãe afastava-os sempre daquelas cenas. Especialmente a irmã Nina, menina curiosa e alegre.

Moravam numa casa de blocos nus com telhado de zinco. Eles, a mãe, o pai e a irmã que já andava na escola. Aos domingos havia o leilão debaixo da mulemba grande ao lado da fábrica de sabão e gasosas.

Hoje muitos edifícios foram construídos. As casas de pau-a-pique e zinco foram substituídas por prédios de ferro e cimento, a areia vermelha coberta pelo asfalto negro e a rua deixou de ser a Rua do Lima. Deram-lhe outro nome.

À noite o pai contava histórias. Histórias de batuques defronte da loja do Silva Camato. Lutas. A "Cidrália" e os "Invejados". Navalhadas na noite. Rixas entre condenados da Fortaleza de São Miguel. João Alemão e Adão Faquista. Muito sangue correu no Makulusu em noites dessas.

Ali cresceram as crianças. Ali o pai arranjou o dinheiro com que anos mais tarde, já eles andavam na escola, comprou a casa no musseque Braga. Casa de zinco com grande quintal de goiabeiras e mamoeiros. Laranjeiras e limoeiros. Muita água. Rodeado de cubatas, capim e piteiras, era assim o musseque Braga, onde hoje fica o luminoso e limpo Bairro do Café.

Mas ele lembra sempre aquele tempo de menino. A Rua do Lima, o zizica, a velha Talamanca, a Albertina, o João Alemão, todos os que ele gostava de ver agora, quando o peito dói muito e sente a morte aproximar-se.

Lembra-se do dia em que o pai o ensinou a ler a primeira palavra. Na *Província de Angola* escrita a letras grandes: GUERRA.

2

Não se sabe bem como o Brás fez aquilo. E mesmo o Carlos. Parte foi por brincadeira. Mais brincadeira do que negócio sério. Lembra-se agora do Brás, aquele amigo que...

Naquela luta de papagaios de papel ele levava sempre a melhor. Tinham fama em todo o Makulusu os "roncadores" do Brás. Bem feitos, fortes, rápidos no ataque, sempre com lâminas bem afiadas nas pontas, derrotava todos os lentos "papagaios" de rabo comprido, as grandes "estrelas", os estáveis "balões" ou os pequenos "bacalhaus".

"Roncadores" mais ninguém fazia. Quem se atrevia a competir com ele? Duma vez fez o Martinho, mas ainda não tinha subido vinte metros já estava de fio cortado junto ao nariz volteando louco no ar, com a criançada a correr atrás dele gritando

Antum! Antum! Antum!

Ficou depois rasgado, pendendo simbolicamente do poste telefónico por cima da loja do pai do Deodato. Só havia em todo o Makulusu um Brás e um vencedor: o "roncador". O Gonzaga fazia bonitas "lanternas", de papel de seda de muitas cores, parecidas com aviões, mas só as deitava à noite, com velas acesas dentro, dando um espectáculo que todos ficavam a olhar das portas das casas. E repetiam com admiração e respeito:

— As "lanternas" do senhor Gonzaga!

"Senhor Gonzaga" porque naquela altura já ele andava no liceu, já namorava, estava mesmo a deixar crescer bigode.

Mas não se sabe ainda como o Brás foi envolvido naquele caso. Fazer pequenos roubos em bares, barbearias, deixando bilhetes humorísticos, não se compreende.

Apanhado pela Polícia, julgado, está a cumprir a pena no Forte Roçadas. Mas tudo isto sucedeu muito mais tarde, muito depois de terem deixado de fazer papagaios de papel, de deixarem de ter sonhos de papel de seda.

E hoje, os olhos a arder da febre, ele revive o amigo Brás e os outros e os sonhos de papel de seda que todos tiveram.

Sonhos de papel de seda, levantados contra o céu azul, com a criançada boquiaberta cá em baixo, hoje, quando ele não é mais que um papagaio de papel que se embaraçou, que se rasgou nos grandes ramos da árvore da vida.

Antum! Antum! Antum!

3

O vulto esbatido da irmã confundindo-se com a recordação do primeiro amor. Bela, a irmã, assim filtrada pela névoa dos olhos ardendo em febre. Não se viam os sinais que a vida deixara nela. A imagem da irmã confundindo-se, vindo para ele, misturada com o primeiro amor.

> *Que linda barquinha*
> *que lá lá vem*
> *é uma barquinha*
> *que vem de Belém...*

A menina morena, de tranças castanhas, cantando e dando-lhe as mãos, formando arco com os braços e a criançada passando por baixo.

As brincadeiras em que os dois estavam sempre juntos. Os disparates. Os castigos, a barra do lenço.

A velha mãe dela, olhando-os com um sorriso. O pai, folgazão, gozando com boas lérias a timidez deles. As outras crianças atirando pedras às maçãs-da-índia.

No meio da estufa de fetos e avencas, beijos de mulata

e buganvílias, os dois olhando-se e tocando-se, corando e nada dizendo.

Do outro lado brincavam agora ao lobo

> *Brincando na serra*
> *Enquanto o lobo não vem*

diziam em coro. Depois uma vozita perguntava:

> *qu'é qu'o lobo tá fazer?*

Resposta:

> *'tá fazer a barba!*
> *...*
> *qu'é qu'o lobo tá fazer?*
> *...*
> *'tá sair de casa!*

Os garotos fugiam, escondiam-se e esperavam o lobo. Eles tocavam-se e coravam entre as flores da estufa. Os pais e as mães riam-se e trocavam comentários. O velho folgazão pai dela abria o garrafão de vinho verde branco e toda a gente bebia à saúde do Futebol Club de Luanda.

E foi um dia, quando brincavam ao giroflé flé flá, que ela adoeceu. Adoeceu e definhou. As tranças ficaram muito brilhantes. Os olhos também. Os lábios descoloriram-se. Ficou horas esquecidas junto dela. O médico ia e vinha. A família triste.

Ele não jantava, não almoçava, não dormia. Não mais ia caçar sardões nas barrocas da Companhia com aquele mulato manco, hoje tipógrafo da Imprensa Nacional, e os outros meninos, ladrões de goiabas e mamões, desrespeitadores de doceiras e de criados com termos de comida.

E um dia ela partiu. Morreu linda como sempre fora. Foi bonito o enterro. Lembra-se bem da pele morena e das tranças castanhas cobertas de flores brancas.

Durante muito tempo andou triste, perdeu a pontaria na fisga, perdeu a vontade de brincar e ficou olhando sempre, como homenzinho precoce, a criançada negra, mulata e branca, ladrões de goiabas e mamões e doces de doceiras, que brincavam às cassumbulas, faziam desafios de bola de meia e que à noite contavam entre si aventuras lidas nos *Mosquitos* e *Diabretes*. Deitados na areia amarela das construções modernas crescendo sobre o terreno onde dantes havia casas de pau-a-pique, ficavam assim pelo entardecer dentro, enquanto as meninas brincavam nos quintais ao giroflé flé flá.

4

— Pai, queria ir à matiné. Dê-me quinze angolares...
— Não vês que o teu irmão está doente? E tu queres ir à matiné...

O ruído da conversa chegava-lhe indistintamente aos ouvidos. Matinés, dinheiro, doente, irmão. Matinés, filmes, feridas feitas pela memória.

O irmão afastando-se na inocência da idade. O pai olhando, recordando. Quando o filho mais velho lhe pedia dois angolares para ir à matiné. Quando só havia o Nacional.

— Zito, 'tás acordado? Sentes-te melhor?

Vontade de responder. Impossibilidade de o fazer. Apenas os olhos brilhando mais.

— Lembras-te quando me pedias para ir à matiné e eu não deixava? Tu fugias e depois quando chegavas a casa levavas com o cinto...

Um sorriso a bailar lá dentro mas que não chega aos lábios. E a imagem germinando no cérebro cansado.

O primeiro filme: *Aventureiros dos Mares do Sul*.

Tyrone Power. Ainda hoje gostava do Tyrone. Mau actor, mas lembrava-lhe aqueles tempos. À uma hora da tarde, todos juntos à porta do Nacional, empurrando-se, espremendo-se com as raparigas, gritando:

Tá na hora!

E faltava ainda hora e meia para se abrirem as portas! Mas o filme era de Tarzan e a impaciência não tem relógio. As meninas sorrindo pediam para lhes reservarem lugares. E havia quem reservasse filas inteiras.

A porta abria-se. O velho Silva tentava aguentar a miudagem. Mas até o polícia desistia. Uma correria louca pelos corredores. Filas inteiras reservadas. Pancada. Discussões.

— Não pode reservar. Comprei bilhete, tenho o direito de me sentar...

— Cheguei primeiro. Viesse primeiro.

Pancadaria. Gritos.

— 'tá ocupado!

Lugares vazios esperando meninas de laçarotes. Assobios. Novos gritos de "tá na hora". Os mais afoitos e sem dinheiro saltavam o muro mesmo junto do cipaio. Dez ao mesmo tempo. Um era posto na rua, os outros esquivavam-se e misturavam-se lá dentro. As portas fechavam-se...

— Lembras-te, Zito, daquelas matinés...

Reconciliação na voz do pai. Sorriso.

Se ele se lembrava!

...As portas fechavam-se. As luzes acendiam-se. Os pés batiam fortemente o chão. Os assobios gritavam de todos os lados até se iluminar o ecrã. Hoje já ninguém assobia nas matinés.

Aqueles assobios faziam-lhes bem. Libertavam a ansiedade.

E quando era um filme da Maria Montez? Que assobios!

O John Hal e o Sabu, o artista mais querido. Aquele filme *O Ladrão de Bagdad*! A Celeste ao lado dele, encolhendo-se contra ele nas cenas de espadachim. Pobre Celeste, morreu tão nova!

Os atrevidos procuravam os seios das namoradas. As bofetadas da Cristina já eram conhecidas. Bonita a Cristina! E depois dos documentários de bonecos animados, o intervalo.

A correria para o muro. Os baleizões pedidos em série aos sorveteiros. As doceiras de doce de coco e jinguba

— *Dez mei angolar!*
— *Não compra os dela são d'açúcar preto!*

ficando com o troco e rindo marotas. Os menos endinheirados, aqueles que tinham saltado o muro, corriam para o bar e bebiam água da torneira. Triste torneira agora abandonada e seca, relembrando o passado de bocas jovens, beijando-a, sôfregas.

Hoje os miúdos pedem Pepsi-Colas e Canadás. Mas ele lembra-se, lembra-se bem do sabor daquela água fresca, bebida por todos. Daquelas bofetadas quentes, como os seios que despontavam, da Cristina. Da inocência da Celeste chegando-se e apertando-lhe o braço enquanto John Hal beijava Maria Montez e Sabu ria e fazia palhaçadas.

São feridas que lhe doem, feridas de celulóide, que não cicatrizam mais.

Feridas de celulóide! Como doíam! Como doíam também os pulmões, como doíam.

O médico entrando. Cumprimentos. A mãe chorando, chorando...

5

Sol.
Muito sol.
Sol batendo nas janelas. Sol doirando as buganvílias. Sol aquecendo o asfalto negro. Sol dobrando as costas dos carregadores no porto. Sol amorenando a pele das meninas na praia.

— Sol, muito sol — dizia o médico. — Levem-no para a varanda para o sol. Não o deixem estar fechado aqui. É preciso que ele viva intensamente estes momentos. Talvez assim...

Sol desnudando as barrocas da Companhia Indígena... Queimando o capim verde das últimas chuvas. Celestes voando baixo. Bandos de gungos passando. Crianças a correr, armadas de fisgas, de arcos de pau de buganvília e flechas de catandu. Paus com visgo de leite de mulemba.

Sol e a história do caixão pequeno. Um caixão pequeno e branco, brilhando no fundo do Vale da Morte. Todos os vales das barrocas tinham nome. No Vale dos Sardões tinham construído a cabana de paus e luandos. Quantos trabalhos para transportar os materiais! Mas depois o orgulho da obra feita. Uma cabana onde descansavam das caçadas aos sardões, discutiam, faziam piqueniques, ali no fundo do Vale dos Sardões, de paredes de barro.

No fundo do vale o pequeno caixão branco junto do esqueleto do cão enforcado no muxixeiro. Eles todos lá em cima, espreitando, miúdos olhando a imagem branca da Morte.

— Vamos abri-lo — dizia o Toninho.
— Quais abri-lo?! Tenho medo — e o Margaret afastou-se.

— Eu vou lá abaixo — e o Toneca desceu acompanhado do Toninho e ambos abriram o caixão.

Ossos muito pequenos. Mãos remexendo a morte. Os medrosos lá em cima olhando admirados. Lá na luta com os sardões ninguém tinha medo. Eram os azuis molengões que dormiam nas paredes de areia e que era só espetá-los com as flechas. Os pequeninos que fugiam rápidos. Ou ainda aqueles grandes de cabeça encarnada — di bico incarnado, como dizia o criado do Margaret — que baixavam e levantavam a cabeça, parecendo troçar. Disso eles não tinham medo. Mas o caixão era a Morte.

— Qu'havemos de fazer?
— Contamos tudo aos nossos pais.
— Não. Ninguém conta nada. Este segredo é nosso.
— O melhor é irmos ao *Diário de Luanda*. Depois vem a nossa fotografia no jornal.
— Eu não vou nisso. Depois o meu pai vê que eu vim para as barrocas e ele não quer.
— Pronto, mantém-se o segredo — disse o Toneca. — Juram?
— Juramos!

À volta das barrocas, cabisbaixos, acabrunhados pela imagem do pequeno caixão branco brilhando no fundo do Vale da Morte onde alguém tinha enforcado um cão num muxixe, passavam pelo guarda da linha do caminho-de-ferro, aquele bom Miguel que lhes dava água por uma lata servida a azeite.

Aquele negro Miguel que os escondeu quando partiram a cabeça ao servente da Câmara que andava a apanhar capim no Rio Seco. Foi sem querer. O Marau deu-lhe com o martelo na cabeça porque ele estava a apertar o pescoço ao Toninho.

Depois fugiram. O servente ficou a olhá-los, o sangue vermelho corria pela cara. Mas Miguel escondeu-os. E só saíram de casa dele quando o comboio das cinco apitou na curva da Cidade Alta e foram dar espectáculo aos passageiros, trepando com agilidade de gatos pelas paredes de barro que ladeavam a linha.

Foi ali que um dia o Tacílio descobriu ouro. Ou pelo menos assim lhe pareceu. Era ouro que vinha nas águas saponosas da Maternidade. Ainda hoje não ri desse incidente que era fruto da imaginação fértil. Era rir da imaginação que revive todo o passado de barrocas, fugas, sardões, lutas, aventuras, agora deitado numa cadeira de descanso, na varanda batida pelo sol.

Livres ao sol, nus da cintura para cima e dos joelhos para baixo, correndo aquele mundo deles que hoje tractores vão alisando e alicerces vão desventrando, para onde desce o Bairro do Café, sucessor moderno daquele Braga da infância de todos eles.

Três semanas passadas o médico já não vem.

Viu a Morte diante dele muito tempo. No delírio febril tudo lhe veio à memória. Tudo tinha cor e vida. Agora eram apenas recordações baças, bonecos desarticulados, mexendo-se no vácuo da imaginação.

Fizera-se homem.

A infância aparecia diluída numa cidade de casas de pau-a-pique, zinco e luandos, à sombra de frescas mulembas onde negras lavavam a roupa e à noite se entregavam.

31-3-56

BEBIANA

Don'Ana dava baile!
Sábado à noite Don'Ana dava baile lá em casa. Até iam lá dois conjuntos. Um era o Jazz Rio de Janeiro e o outro vinha da Ilha do Cabo, onde Don'Ana tem amigos velhos.
Don'Ana!
Don'Ana, que conhece os segredos das gentes novas e as histórias das gentes velhas. Aos sábados costuma dar festas lá em casa. E toda a gente vai porque tem lá as filhas da Don'Ana Pinheiro. Há baiões e mambos e seios esborrachados. E Don'Ana, sentada na sua cadeira no canto, vê a gente divertir-se e sorri. Às vezes chama um da gente e conta histórias muito antigas, de Luanda antiga, esta cidade que já morou no Makulusu e no Braga. A Luanda da sua vida de quitandeira.
Don'Ana conta e conta como só ela sabe contar. Simples e verdadeira. Poética. Ela é que me contou aquela história do Joãozinho, filho da sua afilhada que foi em Lisboa estudar e nunca mais voltou, ninguém sabe mesmo dele. Joãozinho escrevia muitas coisas sobre a vida dos

negros. Era a esperança dos musseques. Mas até hoje não voltou.

Ela me contou também a história da Zefa da Ilha que matou o Tubarão com a faca, porque ele não lhe fazia um filho, andava a olhar mesmo para as mulatas da cidade, quando ia vender garoupas.

Don'Ana é uma velha já mas a sua memória está nova, lembra tudo. Mas nunca me contou a história dela. Muitas vezes quando todos se divertiam ao som do baile eu me chegava a ela e pedia:

— Don'Ana conta só! Don'Ana eu sei que a senhora tem uma história bonita, conta só para eu saber!

Don'Ana olhava para mim e queria sorrir. Baixava os olhos e dizia:

— O menino não pode ouvir. Senão não vai gostar. Eu sei outras histórias bonitas. Posso contar aquela do Velhinho...

— Don'Ana conta só tua história!

— O menino é branco, gosta das minhas filhas porque são mulatas. Eu sei... mulato é mulato. A gente pode desrespeitar mesmo.

Eu passava o braço à volta do pescoço dela e insistia:

— Don'Ana conta só! Assim eu não venho mais nos bailes.

Ela sorria para mim. Olhava a minha cor branca, queimada pelo sol, depois sorria. Os pares no terreiro divertiam-se.

— Vai, vai dançar este mambo com a Bebiana. Ela 'tá te esperar, depois eu conto.

O mambo dançado sem ritmo. Os meus olhos postos nela. Olhava-me com os olhos cheios de vida e sorria-me. Don'Ana nunca me disse o seu segredo. Depois daquilo inventava outra coisa, dava-me de beber ou de comer e evitava sempre falar na história dela. Não tinha confiança em mim.

Mas um dia, o baile estava fraco, ela chamou-me de lado e fez-me entrar no seu quarto. Dum saco tirou várias recordações. Fotografias dum branco. Um par de brincos de ouro. Valiosos. Pôs-mos na mão e disse:

— Vai, vai na Bebiana e oferece se tu tens coragem. Ela gosta de ti. Se tu tens coragem vai na minha filha mulata e oferece estes brincos. Casa com ela.

Olhei para a velha espantado. A Bebiana, eu já sabia, gostava de mim. E eu dela. Ela apertava-me na dança, ria-me os seus dentes alvos e colava os seios ao meu peito. Queria-me. Mas eu não sabia que fazer. Agora Don'Ana...

Não tive coragem. Voltei atrás e dei-lhe os brincos. Don'Ana olhou-me com pena. Depois pediu:

— Senta aqui meu filho, eu vou-te contar uma coisa. Você é filho da Dona Maria, eu conheço bem. Já morei diante da vossa casa naqueles tempos em que o musseque Braga não era aquele bairro de brancos ricos. Eu não compreendo bem, meu filho... Um dia um branco como tu, comerciante, viu-me quando corria as ruas com a minha quinda na cabeça, vendendo cajus, e chamou--me. Chamou-me eu era nova. Tinha um dia assim com muito sol...

Don'Ana está a olhar em frente para Bebiana, que me sorria e falava. Alegro-me e sorrio para Bebiana.

— ... fui sua lavadeira, cozinheira e depois deitava--me com ele. Naquele tempo as mulheres brancas não vinham em Angola. Angola era mesmo terra dos condenados como ele, febres, mosquitos. Vinham só os brancos ganhar dinheiro e iam gastar no Puto. Daí vivi com ele. Me ensinou muitas coisas. Não vendia mais cajus e mangas e o dia era só a lavar, cozinhar e coser. Ele pôs um filho na minha barriga. Bebiana. Chorou muito e ficou bêbado quando ela nasceu. Chorou e falou muito de mulatos. Disse que o homem branco não presta, só faz mulatos e depois quando vai no Puto deixa só negra com os filhos, como quando vai no capim fazer as coisas e nem tapa, como fazem os gatos. Era um branco esperto! Ai, menino! Chorei quando esta minha filha nasceu. Gostava dele. Gostava de remendar a roupa dele, de cozinhar para ele. Depois nasceu Joana. Mandou estudar as filhas e quando estava para morrer — a biliosa mesmo! — disse: "Ana, vou morrer, te deixo esta cubata e algum dinheiro, manda as minhas filhas estudar sempre". Ele dizia as minhas filhas. As filhas eram dele, porque eram bonitas e eu era uma negra feia. Morreu mesmo sossegado. Quando lhe enterrámos tudo ficou vazio.

Bebiana faz-me sinais para dançar, para não ouvir a velha maluca. Olho-a com um sorriso triste.

— ... estudaram até poder. Agora trabalham, têm seu emprego e eu quero que elas casem antes de eu morrer também. Com brancos. Elas têm educação, são bonitas. Precisam adiantar vida. Eu gosto de falar mesmo naquilo que eu penso. Precisam adiantar vida. Um branco ganha mais que um mulato ou negro. Os filhos dele já são cabritos. Cabrito é mesmo branco... Agora vai e pede a Bebiana para casar contigo. Vai fazer a vontade da velha Don'Ana que te gosta como filho.

Fiquei quieto. Dentro de mim debatiam-se forças contraditórias. Preconceitos antigos. Bebiana era bela, daquela beleza que só o povo mulato tem. Era alegre e inteligente. Eu amava-a. Mas não seria só o corpo dela, mistura ardente de duas raças, amanhecendo para o futuro?

Ali, quando o baile, a música, os risos, os ais, falavam só de amor, como poderia eu fazer um julgamento acertado? Com ela junto a mim, dando-se na dança, enchendo-me o corpo vazio daquele calor seu, os brincos no bolso, a garganta apertada, as palavras não saíam.

Don'Ana sorria e esperava.

Gostaria Bebiana mesmo de mim ou seria eu só mais

um degrau na sociedade? Os nossos filhos, mesmo com sangue negro, já seriam mais aceites, já não haveria a lembrança da Don'Ana, velha quitandeira que se deu a um branco, que me contava histórias. E se houvesse seria um episódio romântico na família. Uma avó, uma bisavó negra, quitandeira!

Don'Ana sorria e eu não sabia o que fazer. Bebiana juntava-se, pedia-me, dava-se e eu estava vazio, leve.

Don'Ana esperava. Bebiana esperava. E eu sentia-me mal.

O baile cada vez mais animado. Bebia e fazia por esquecer. Mas o problema tinha raízes fundas. Seria chegado o momento de dar uma lição à sociedade?

Bebiana desesperava. Chorava. Don'Ana estava triste. Os brincos pesavam no bolso. O coração pulsava.

Batiam os tamborins e choravam as violas. Havia alegria no terreiro. Sobre a cabeça de Don'Ana refloresciam as buganvílias.

Quando o novo dia amanheceu e o baile abrandou e o vento de cacimbo penetrou suave nos nossos corpos, pus os brincos nas orelhas mulatas. Beijos-de-mulata feneciam sob os pés dos bailarinos, caídos do caramanchão.

Don'Ana sorriu e eu sorri também. Bebiana chorou e escondeu as orelhas vermelhas debaixo do cabelo claro.

Depois veio um, vieram todos. E deram os parabéns. Parou a música e a música continuou no ar. Parou o baile e o Chico fez um discurso cheio de palavras belas e felizes como o amanhã que nascia connosco.

Só Don'Ana não se levantou nem falou. Ficou na cadeira deixando embranquecer o cabelo e sorrindo.

As palavras belas e rudes do Chico são mistérios para ela.

8-12-56

MARCELINA

*— para Sambizanga
o mais cantado dos musseques*

De dentro da casa a luz iluminava as mandioqueiras do terreiro. À porta discutiam.

Discutiam como só elas sabem discutir. Gritos e asneiras pela rua escura, sobre a areia, perdiam-se no piscar nervoso das luzes de petróleo das cubatas.

Era sábado à noite. Luzes mais fortes indicavam bailes. Sombras mais escuras pediam desordens.

À porta continuavam a discutir.

O João desceu da carrinha e gritou para a gorda:

— Então, querida, não faças barulho. Nós hoje vamos ter uma grande noite.

— Uma grande noite, uma grande noite, quando esta gaja aqui anda a intrigar com o meu homem. Rebento-lhe as fuças.

As outras seguravam as exaltadas e o João meteu-se no meio, fingindo apaziguar mas aproveitando para as apalpar.

— Xé sungadibengo! Vai apalpar a tua irmã!

E viraram-se a ele.

Descemos também da carrinha. Da casa saiu um cabo

do exército. Vinha com ele o som dum baião, da telefonia de dentro.
— Hoje tem farra aí? — perguntei eu.
— Não sabemos ainda — respondeu Marcelina.
A discussão continuava com insultos, gritos, pontapés, e nós entrámos. A casa era pequena e baixa. A porta era estreita e lá dentro estava quente. Marcelina ia abraçada ao João, que lhe dizia baixinho, ao ouvido:
— 'inda hás-de ter um filho meu!
Quando passaram junto da cama — cama da vida, da amargura, do pão — tentou empurrá-la mas ela fugiu-lhe com o corpo.
Atravessei o quarto pequeno. A cama velha e uma mesa a um canto. No outro canto dormia uma criança loira e os caracóis brilhavam na obscuridade que o candeeiro de petróleo sobre a mesa não vencia.
Fiquei a olhar o aspecto sujo e pobre de tudo aquilo. Ali onde a criança dormia, a cama da mãe. A cama da sua vida de mãe-prostituta.
Cá fora o apelo do mambo, na telefonia.
Saí também.
O João ensaiava no terreiro vazio uns passos de dança com Marcelina. Os outros meus amigos estavam sentados num banco junto à parede e conversavam com a velha Emília.
— Vamos dançar?
Marcelina veio para mim e os olhos e os dentes e todo o corpo jovem ria. Quebrava-se pela cintura quando falava, e os pequenos pés descalços tocavam o chão em desenhos caprichosos. Eu olhava-a, mulata clara, e estava sempre com ela a imagem da criança loira no quarto miserável.
— É tua filha? — perguntei.
— Quem? A miúda lá dentro?

Olhou para o chão. Depois levantou a cabeça, decidida.

— É! Filha dum branco... Aparece às vezes. Bonita, não é? Sai à mãe. É como eu! Vamos dançar!

Não havia emoção na voz. Nem no gesto. Mas os olhos já não riam e o corpo não quebrava tanto.

As mandioqueiras punham sombras escuras no terreiro e nos olhos. O rádio tocou um *boogie*. Puxei-a, e ela disse depois:

— Assim não sei dançar. Espera um mambo.

E quando tocou um mambo ela dançou sozinha, para mim, para nós, numa manifestação de sensualismo, de pureza, de amor à dança, nos requebros do seu corpo percorrido mas ainda jovem.

Ao lado, onde estava o rádio, um grupo observava-nos e quando ela acabou de dançar apagaram o aparelho e ficaram a rir-se.

Da taberna vinha o som de vozes bêbedas e o bater de mãos numa mesa, uma canção rouca, uma canção qualquer.

Era sábado à noite. De tarde tinha-se recebido a magra quantia do suor duma semana. Domingo ainda haveria dinheiro para continuar. Segunda-feira o mesmo destino de mais uma semana, mais duas, mais, mais semanas de suor e magro vencimento.

O João e os outros abriram a cancela e passaram para a loja. Eu ouvi-os depois acompanhando o grupo ruidoso de bêbados. Homens que trabalhavam toda a semana na Baixa e que ao sábado gastavam todo o dinheiro nas lojas dos brancos, em vinho e cigarros. Gastando-se numa vida sem perspectivas, sem janelas abertas. Mas era o único divertimento acessível. Era a única maneira de se desforrarem de uma semana inteira de humilhações.

Os meus amigos batiam o ritmo e cantavam com eles. Ouviam-se as vozes roucas e desafinadas.

— Ó compadre, compadre, paga só meio litro!

— Venha um litro! — disse alguém.

O comerciante branco, pouco amável agora que os via ali, no meio do povo, cantando e bebendo com o povo, veio dizer que podia vir a polícia e fechar o estabelecimento. Vender vinho a pretos era uma coisa, mas com brancos lá dentro podiam multá-lo.

Eu tinha ficado no terreiro abraçado a Marcelina e divertia-me com ela, sentindo-lhe os seios pequenos e a pele macia. A velha Emília resmungava comentários. Queria que a gente ficasse numa farra até de manhã para depois irmos matar o bicho a casa dela.

— Faço mesmo pròs meninos, mas não falta como da outra vez...

Eu disse que sim. Sorri para a rapariga sob o meu braço. Os olhos dela estavam velhos. Velhos como não era o corpo. Era jovem e eu sentia-me bem junto dela. Tinha um cheiro feito de coisas vulgares e caseiras.

Lembrei-me outra vez do quarto e volvi os olhos para a porta entreaberta por onde se escapava a claridade do candeeiro de petróleo. Olhei para ela e pensei também na vida sem esperança, dela e de outras mulheres, costureirinhas ou empregadas de fábricas que se davam aos brancos para conseguirem melhoria de vida.

Era então o vaguear pelo mundo de chapas e luandos, saltando e rindo, exibindo uma alegria nem sempre sincera à mistura com perfume barato. Vendendo-se, ganhando dinheiro para um qualquer...

— Laurindo deve estar a chegar.

— Quem é o Laurindo?

— Meu miúdo. Vamos casar qualquer dia na Igreja do

Carmo mesmo. Eu posso deixar isto. O meu pai é um grande lá na baixa.

E disse o nome. Era realmente. Honesto e cumpridor, diziam dele.

Pela porta entreaberta apareceu um pequeno com a menina loira. Segurava-a contra o quadril e dançava com o corpo a música do rádio outra vez aberto, tentando adormecê-la. Era linda a criança. Muito loira. Excessivamente branca. Anémica. Deficiências alimentares. A mãe baixou-se e beijou-a.

O pequeno afastou-se novamente para o quarto e ouvia-se cá fora uma canção de ninar, numa voz infantil.

Da loja o bater recrudescia e as vozes dos meus amigos chegavam cada vez mais altas, acompanhando as vozes roucas e bêbedas do povo divertindo-se.

A velha Emília, no seu canto, dormitava.

Eu estava no meio do terreiro e Marcelina chegava-se a mim, chegava o corpo frágil e pedia baixinho:

— Vamos, vamos, antes que chegue Laurindo...

Olhei-a nos olhos com tristeza. Ela afastou o corpo do meu.

— Não tenho culpa. Não fui eu que quis isto. O meu pai é branco, podia ter-me ajudado. Podia ter evitado. É por causa da criança?

Não respondi. Abracei-a e ela deixou-se abraçar. Beijei-a na testa. Disse-lhe depois, com os olhos molhados pousados no arame da roupa pendurado na mulemba, para ela os não ver:

— Lina, vê se casas. Vê se casas na Igreja do Carmo. Casa com o homem que te quer ou tu queiras.

Depois afastei-me devagar e fui bater com o povo, aos gritos, a canção rouca, na mesa da taberna. No meu cérebro persistiria sempre a menina loira, aquela mãe e o quarto miserável.

Bati, batuquei na mesa com raiva, com o povo e os meus amigos, roucos do vinho, uma canção de protesto, até despontar a madrugada.

5-2-57

FAUSTINO

Contarei agora a história do Faustino.
Não foi a Don'Ana que me contou, não senhor. Esta história eu vi mesmo, outra parte foi ele mesmo que contou.
Faustino é o seu nome. Faustino António.
O dia inteiro ele tira o boné, abre a porta do elevador, fecha a porta do elevador, tira o boné, abre a porta do elevador.
— Bom dia m'nha senhora!
— Muito obrigado m'nha senhora!
Às vezes descansa. Nem sempre há pessoas para subir ou descer. O prédio só tem três andares. Mas há os miúdos que todos os dias brincam no elevador. E ele é o responsável. Pelo elevador e pelos meninos.
— Não vês que o meu filho pode ter um desastre! Qu'é que estás a fazer aqui? Não é p'ra tomar conta que te pagam? Se lhe sucede alguma coisa vais ver...
O menino deita a língua de fora e Faustino sorri. Ele sorri sempre. Ganhou aquele jeito de sorrir, apanhou aquele jeito, pois naquele trabalho tem de ser assim.

Um dia agarrou mesmo um menino pelo braço, tirou-
-o do elevador, ralhou com ele e foi levar na mãe dele. O
menino fez queixa e a senhora ameaçou:

— Se tornas a maltratar o meu filho, já sabes. Vou lá
abaixo ao escritório do teu patrão e tu vais p'rà rua. Não
querem lá ver o negro!

— Negro! — disse o menino, deitando a língua de fora.
Faustino sorriu. Sorri sempre.

Mas quando tem um momento livre senta-se na cadeira da sua pequena mesa e estuda. Geometria. Geografia. Vai lendo o livro de leitura. Os olhos abrem-se com as palavras e o cérebro baralha-se com o que está escrito. "A Casa." A casa tem muitos quartos. O quarto disto. O quarto daquilo. O quarto da costura. O quarto das crianças.

O quarto das crianças! Mas em casa dele os irmãos pequenos — são dois que passam o dia a comer areia nas ruas dos musseques onde brincam — dormem todos juntos com a irmã e a mãe!

E os olhos mostram-lhe casas novas, casas nunca vistas no seu mundo. Nem mesmo nos bairros dos brancos. Faustino estuda para fazer exame da quarta classe.

— Triângulo isósceles é aquele que tem...

— Ouve lá, tu estás aqui para estudar ou para abrir a porta?...

— Desculpa m'nha senhora, estava distraído!

A senhora gorda, perfumada, o filho malcriado deitando a língua de fora.

— Bóbi, Bóbi, xé Bóbi...

Bóbi é como ele chama ao Faustino. Bóbi é o cão da menina sardenta do terceiro andar. Menina sardenta, com os seios pequenos a despontar por debaixo do vestido.

— Belita, Belita, vem estudar!

A mãe grita da varanda do apartamento. Belita dá mais

voltas com o Bóbi. O Bóbi precisa de passear, ver as cadelas. Ver só! Que o resto era indecente. Um cão de luxo como Bóbi não faz essas porcarias.

Pobre Bóbi! Uivava toda a noite, quando não estava ninguém em casa.

Faustino ouve a voz da senhora e sorri. Depois novamente mergulha no mistério das leituras que lhe trazem mundos nunca imaginados. Cidades felizes. Terras bonitas. Palavras, muitas palavras.

Depois a magia dos números, dos problemas de aritmética. Mas há o trabalho. O encarregado branco já o avisou uma vez. Não virá segunda.

— Então hoje não regas as avencas e a relva? As flores estão quase murchas. Caramba! P'ra que é que te dão duzentos angolares por mês? Já não tens idade para estudar. Estudar não é para ti. Trabalha, trabalha. Tens de lavar as escadas...

Três andares de escadas esfregadas com piaçaba! Eué, não ia ter tempo hoje de estudar Geometria. A sô pessora ia ralhar outra vez. Ele bem dizia que às vezes não tinha tempo. Mas a senhora tirava os óculos e respondia irritada:

— Quem não tem tempo não estuda!

Contudo ele pagava, pagava como os outros que andavam lá no colégio. Mas nenhum ia de farda de caqui e de quedes como ele. Nem eram empregados de elevador.

Aiué, Faustino, tem de ser primeiro as flores. Disso ele gostava. Gostava muito de flores, de capim. O que ele estudava melhor eram Ciências. Sabia tudo.

Faustino gostava de flores. Gostava de Maria. Maria que lhe trazia os cigarros que ele fumava. Trabalhava numa fábrica de tabacos. Mas às vezes não ia trabalhar de manhã, ficava a falar com ele. Gostava de o ver com a farda junto do elevador. E era sempre com espanto que via o elevador subir quando carregava no botão.

Faustino gostava de flores. Regava-as com carinho, não deixando cair a água de muito perto, salpicando-as só. Depois colhia uma e dizia em voz baixa:

— Pedúnculo, cálice, corola...

— Que chatice! Já te disse mais de uma vez que o teu trabalho não é estragar as flores. Estás aqui para as regares e não para lhes tocares. As flores são para as senhoras do prédio. Qualquer dia vais para a rua. Pretos há muitos para este emprego. Ora esta, a mexer nas flores! Isso não é para as tuas mãos. Anda lá, anda lá depressa a regar o jardim que ainda tens de lavar as escadas.

Faustino não sorriu. Não gostava que o encarregado dissesse aquilo. Flores são flores, não são de uns nem de outros. São de todos. Nascem da terra se os brancos plantam ou se os pretos plantam. E não nascem mais bonitas por serem plantadas por brancos.

Ficou a olhar o encarregado que se afastava e dentro dele ia crescendo a raiva que o acompanhava há dias. Depois que Maria não trouxera mais cigarros porque fora despedida. O encarregado não deixara trazer mais. Só se ela fosse a casa dele. Para ouvir uns discos de baiões e mambos — como ele disse. Maria era a flor de Faustino e disparatou o encarregado. Foi despedida.

Desde esse dia Faustino não riu mais. Já não sorria ao fechar ou abrir as portas do elevador. E não se interessava se os meninos corriam ou não perigo. Assim naquele momento teve ganas de deitar fora a mangueira, despir a farda e ir-se embora com os seus livros para a sombra do seu quarto ou das suas mandioqueiras do quintal, estudar, estudar muito até ser alguém.

O menino malcriado corria por cima da relva. Chegou-se junto de Faustino, deitou a língua de fora e gritou:

— Bóbi, Bóbi!
Faustino não podia aguentar mais. O encarregado gritava do fundo do quintal para ele acabar de regar o jardim. O menino e outros meninos, todos de língua de fora, formavam roda e gritavam:
— Bóbi! Bóbi! Bóbi!
Lá de cima, do terceiro andar, o Bóbi gritou. O jacto de água da mangueira apanhou os meninos e molhou-os da cabeça aos pés. Ficaram encharcados, choramingando. Depois subiram as escadas e foram fazer queixas às mães.
Faustino gostava de flores. E de estudar. E ficava triste quando via a senhora do terceiro andar gritar para a filha, menina sardenta de seios púberes:
— Belita, vem estudar!
— Não quero, mãe!
Ficava triste porque ele queria estudar. Cortou mais uma flor. Despiu a farda e pegou nos seus livros. O encarregado correu atrás dele.
— Ah negro, se t'apanho! Mas não me escapas. O patrão há-de ir ao Posto e lá depois tratam-te da saúde!
As senhoras em grupo foram queixar-se ao encarregado com os miúdos molhados, pela mão. Miúdos molhados que ainda gritavam para Faustino já distante:
— Bóbi! Bóbi! Bóbi!
Bóbi era o cão de luxo da senhora do terceiro andar. E Faustino nem era ao menos um cão de luxo. Era um negro porteiro que tinha a mania de estudar.
Pelo caminho abriu as Ciências, pensou em Maria, os dois sem emprego, e foi desfolhando a última flor colhida:
— Cálice, corola, androceu...

Contei a história do Faustino. Do Faustino que gostava de estudar e de flores, que ria sempre, tirava o boné e curvava as costas:

— Bom dia m'nha senhora! M'to obrigado m'nha senhora!

Não foi a Don'Ana que me contou, não senhor. Nem fui eu que inventei. Esta história eu vi mesmo, outra parte ele mesmo me contou.

8-2-57

QUINZINHO

Aiué, Quinzinho, aiué.

Vais a enterrar, Quinzinho, vais quieto como nunca foste. Despedaçado pela máquina, Quinzinho, pela máquina que tu amavas, que tu tratavas com amor, desenhando as curvas sensuais das rodas, o alongado harmonioso das correias sem-fim.

A máquina, Quinzinho, a máquina que te cantava aos ouvidos a canção do trabalho sempre igual de todas as semanas e que tu sonhavas libertar por réguas, compassos, um poema negro sobre papel branco num estirador.

Aiué, Quinzinho, aiué.

Operário não pode sonhar, Quinzinho, não pode. A vida não é para sonhos. Tudo realidades vivas, cruéis. A luta com a vida.

Mas tu não eras operário, Quinzinho, tu eras um poeta. E os poetas não devem ser amarrados às máquinas.

Agora vais quieto, mais branco, no teu caixão pobre. Os teus amigos vão atrás, tristes, porque tu eras a alegria deles.

A tua mãe já não chora, Quinzinho, não chora porque é

forte. Já viu morrer outros filhos. Nenhum morreu como tu. Despedaçado pela máquina que te escravizava e que tu amavas.

Eu também aqui no meio dos teus amigos. Mas não vou triste. Não. Porque uma morte como a tua constrói liberdades futuras. E haverá outros a quem as máquinas não despedaçarão, pois as máquinas serão escravas deles, que as hão-de idealizar, construir.

E os poetas como tu hão-de cantá-las porque elas serão um instrumento de libertação. Cantá-las no papel branco a tinta negra ainda antes de elas nascerem.

Por isso não vou triste, não. Não sou talvez o teu único amigo branco, mas os outros não tiveram coragem de te vir acompanhar. E são para ti estas rosas vermelhas que trago. São a paga da tua estima por mim, a tua amizade que eu sentia quando tu e eu nos encontrávamos, à beira-mar, ou quando naqueles dias à noite atravessávamos os dois a baía das águas sem fim. A nossa baía de Luanda.

Por isso aqui levo as rosas vermelhas para ti. São a minha primeira homenagem àquele poema que tu escreveste com a tua vida e a tua morte.

Lembras-te, Quinzinho, naquele dia a gente atravessou a baía e o mar estava mau... E era escuro e os teus olhos habituados iam-me avisando dos perigos. E depois ambos a caminho de casa, tu foste contando o teu amor pelas máquinas, pelos desenhos de máquinas.

Aiué, Quinzinho, aiué.

A tua mãe vai triste. Os panos negros, a face quieta e sem expressão lembrando os filhos todos mortos, agora só. Lembrando a tua alegria. Lembrando quando tu chegaste da escola a chorar. Era na terceira classe e tu já desenhavas automóveis e máquinas, pois nunca gostaste de desenhar coisas pequenas. Isso era bom para nós, desenhar flores e casinhas bonitas.

Chorando porque tinhas sido expulso, porque a professora te pusera fora da escola.
— Não quero ladrões na aula!
E tu arrependido, arrependido chorando. Por que é que o menino branco brincava sempre com o carro de corda e tu não podias? O carro era dele, Quinzinho, e tu um dia escondeste-lo e quiseste levar para casa. Não era para ficar com ele, não. Só para brincar com ele um dia, senti-lo teu por um dia, abri-lo, ver bem a corda e as rodinhas que o faziam andar. Mas o menino branco não compreendeu (pois nem os mais velhos compreendem!) e fez queixa:
— Ladrão de brinquedos!
E chegaste a chorar. E nunca mais voltaste à escola. Tinhas de brincar com os teus carros puxados por fios, feitos de caixas de fósforos vazias, com rodas de tampas de gasosas. Depois foste para a oficina. E aí o grande amor pelas máquinas cresceu. E às escondidas do encarregado.
— Onde está o Quinquim, esse rosqueiro, sempre a fugir do trabalho?
Desenhavas os tornos, as fresas, os maçaricos, o motor gerador e a série de correias que o ligavam às máquinas. E ficavas ali quieto vendo o girar constante daquelas fitas intermináveis. E à noite em casa imaginavas, com essas correias, máquinas estranhas para trazer a água do chafariz para casa, para a mãe não andar naquele vaivém de lata à cabeça, máquinas para construir muitas cubatas ao mesmo tempo.
Eras um poeta, Quinzinho, um poeta do trabalho. E o teu amor pelas máquinas, por aquelas correias girando hipnoticamente, trouxe-te a morte.
A tua mãe te lembra, voltando do trabalho, cansado no corpo mas os olhos brilhantes e as mãos febris cons-

truindo, com arames e carros de linha vazios, máquinas fantásticas.

E eu me lembro, amigo, dos domingos na praia, com o teu calção limpo segurando o barco, segurando os esquis para as meninas aprenderem. E nos momentos de descanso olhavas para a Teresa com olhos tímidos. Teresa dos dentes brancos, de riso fácil, que passava a vida a fazer pouco de ti.

Mas agora, Quinzinho, estás morto.

Tiveste uma morte terrível. Os braços sensuais da máquina hipnotizaram-te, quiseste ver mais perto como é que ela vivia, como fazia respirar as outras máquinas, como fazia transpirar os homens escravizados por ela.

E a correia apanhou-te. O braço longo e castanho do polvo apanhou-te. E a cabeça abriu-se com um som oco de encontro ao volante do motor. Tu eras fraco, não pesavas quase nada. A máquina fez de ti um brinquedo.

Mas os teus olhos demasiado abertos e o sangue vermelho cobrindo-te a cara perdoavam à tua amante de ferro. Claro que ela não se deteve com a tua morte. Fria e implacável, teve apenas uma pausa quando bateste com a cabeça cheia de poemas para ela. Imobilizou-se para te retirarem mas depois seguiu sempre, continuou a cantar a sua canção de trabalho.

Foi a homenagem dela para ti. Quando te levaram em braços ela cantava ainda a canção sempre igual de todas as semanas que tu sonhavas um dia libertar.

E os braços castanhos mancharam-se de vermelho. Vermelho como o destas rosas que te trago, Quinzinho.

A minha primeira homenagem a um poeta do trabalho, que não chegou a florir.

Rosas vermelhas para ti, Quinzinho!

8-2-57

COMPANHEIROS

Companheiros os quatro.
Nova Lisboa, companheira. Negro João, Armindo mulato do corpo gingão, Calumango rato do mato!
Negro João, a camisa de fora, os pés descalços, os olhos ingénuos:
— Diááááário de Luanda! Diááááá...
Mulato Armindo, na esquina, os olhos malandros, os ditos malandros.
— Graxa, menino. Graxa. Pomada Cobra!
Calumango chegou numa noite de chuva e ficou com eles. A caixa de sabão, a escova na mão, o pano batendo sem prática ainda.
— Mais brilho, negro, isso não é graxa!
Nova Lisboa, companheira. Alegre e triste. Aberta de noite ao luar, ao sol de dia. Percorrendo-a com os pés descalços sobre o asfalto, sobre a areia, por entre os eucaliptos à noitinha lá pròs lados do São João. Corriam os dias. Nova Lisboa amante abraçando-os, esmagando-os e repelindo-os. Possuída de manhã à noite e sempre jovem.
Jovens eram os olhos do negro João. Malandros os de

Armindo mulato de Luanda. Calumango, rato do mato, os olhos receosos, espantados.

Negro João filho do capim. No capim gerado, no capim parido. Os pés descalços, os jornais sob o braço, vendendo a leitura pela cidade jovem de Nova Lisboa. A aventura da cidade nos olhos ingénuos. A aventura da cidade bebida nas noites de chuva e trovoada quando Armindo — aquele mulato sabia cada história! — contava pelas noites fora, a música dançando nas palavras, as noitadas dos musseques de Luanda, das praias, do mar. Quando ele contava as histórias do barco de cabotagem. E repetia quase religiosamente as palavras que ouvira do primo, marinheiro que conhecia todos os portos da África e da Europa. Palavras que ele queria explicar bem para João e Calumango, mas não podia. Palavras que faziam de todos os portos do mundo, portos de todo o mundo. Sentia, sentia tudo, mas as palavras não chegavam à boca. Ele via, porém, nos olhos ingénuos do João, nos olhos espantados de Calumango, que as palavras que ele sabia estavam também dentro deles.

Triste vida a do mulato Armindo! Mas quando ele contava até parecia bonita. Parecia aquelas histórias do cinema. Sabia contar muito bem. Calumango olhava e bebia as palavras. Os olhos pequenos e receosos de animal do mato dilatavam-se. Cheirava à terra, a terra estava no seu corpo. As anharas extensas. A lavra de milho, da mandioca. A tentação da cidade também o tocara: não resistira ao chamado das bugigangas, dos panos coloridos da loja do sô Pinto. A irmã também não resistira: dormia com o sô Pinto.

Calumango veio para a cidade. A camioneta deixou-o no São João e nessa noite chovia. Por isso abre os olhos espantados para as palavras firmes e verdadeiras do Armindo mulato. E, quando ele se cala, Calumango sorri.

Mulato Armindo tira a gaita, começa a tocar. Tenta reproduzir o que sente. O anseio pelo mar mordendo a areia. A recordação da sua vida de marinheiro — marinheiro de duas semanas. Mas aí aprendera a ser homem. Até ali, musseque fora, noite na ilha, lançado na vida pelo pai — branco que recebera branca no navio e correra a negra —, vadiando, trabalhando, a vida passava. Cantando e bebendo. Zaragateando.

É isso que ele toca na gaita-de-beiços. A sua vida livre de Luanda. O mar, sobretudo o mar.

E negro João e Calumango percebem. Nunca viram o mar, não conhecem aquele cheiro forte que o sal deixa no corpo das mulheres. Não conhecem a voz zangada da calema. Mas sentem o mar na música do Armindo mulato. O mar naqueles dedos que se curvam, se abrem, sobre o instrumento, os lábios esticando-se, recolhendo-se, os olhos húmidos. A melodia na noite. Cá fora a chuva parou, as nuvens correram. A lua vem espreitar.

E Calumango, rato do mato, vê o mar. É assim como nos dias de vento o capim a dançar na anhara. Sente que é assim. Fica de olhos abertos a fitar Armindo.

Ah, bom amigo aquele mulato. É ele que sabe como se arranja mais pomada com menos dinheiro, como fazer mais brilho com menos graxa. E que divide o dinheiro dos três. Ofício dele é mecânico, mas sabe tudo. E diz coisas novas doutras terras — foi o primo que contou!, o primo não mentia. Marinheiro de muito porto, de muitos mares, de muitas gentes, não mente. E que palavras as do primo do Armindo! É pena que ele não saiba dizê-las bem.

Agora calou-se. Calou-se e chora. É difícil vê-lo chorar. Ele canta sempre, está sempre alegre.

Negro João, sentado, soletra a custo o jornal que sobrara.

— Na Á... fri... ca do Sul... a... gi... tação...
Negro João, esse filho do capim, está sempre calado. Chega à noite, de correr a cidade, deita todas as moedas na esteira para dividirem pelos três. Quem o ensinou a ler foi o Armindo. O mulato sabe ler bem. Calumango gostaria de aprender também, mas Armindo diz que ele é matumbo ainda. Ainda tem que passar mais tempo na cidade para ficar esperto.

No seu canto, mulato Armindo já não está triste. Os olhos duros. A face dura. As mãos crispadas sobre a gaita parecem querer rebentá-la. Relembra a mãe — onde andaria agora a mãe? Vendendo-se pelo musseque! —, o pai branco, a saída da escola. Tudo por causa da branca que veio no navio. Como ele a odiava. As pancadas, as rixas, as lutas pela vida. Aquela vida de vadio dos musseques de Luanda. A expressão dura vai ficando trocista e os olhos têm um brilho mau.

Calumango, medroso, encolhe-se no seu canto. Negro João lê com dificuldade, as letras enovelam-se na boca, ajuda com os dedos esticados sobre o papel.

— Guerra na In... do...

Não nota a transformação do amigo. Ele está embevecido, os olhos luminosos querendo desvendar as trevas, os maxilares estendidos naquela ânsia de ler. E assusta-se quando o vê subitamente de pé, dizendo:

— Vamos rapazes! Hoje vou fazer uma como em Luanda...

João levanta-se. Confia nele. Confia cegamente naquele mulato que o ensinou a ler, que lhe fala de coisas desconhecidas. Calumango, de olhos receosos, encolhe-se mais.

— Você se quer fica, seu matumbo, mas assim nunca mais fica homem.

Saem. Calumango vem atrás.

Mulato Armindo sabia aquilo de Luanda. Sabia bem como se fazia. Tinha calma. Não tinha medo do polícia nem do cassetete. Em Luanda fazia mesmo às portas dos cinemas.

Mas naquela noite as mãos não trabalhavam bem. A música da gaita estava nos ouvidos, no cérebro, e as mãos tremiam ligeiramente. Ele ouvia o rugir manso do mar na Boavista. Sentia no ar a música que tocara no instrumento.

A chave-francesa caiu no passeio e o ruído fez aparecer o polícia. Pancadas de cassetete. A mão de ferro não o largava.

— A roubar a motorizada! Apanhei-te!

Batia. Mulato Armindo estava habituado. Reagiu. Mas o polícia era forte, não o largava. As pancadas amoleciam-no.

E só quando viu os amigos correrem para ele deixou de se debater.

Negro João e Calumango pararam sem saber que fazer. Foi então que ele falou calmo:

— Não vale a pena. Vocês não têm culpa e não podem fazer nada. Só eu é que levo a porrada.

O polícia olhava-os. Queria agarrá-los também, mas estava só. Afastou-se, arrastando com ele o mulato Armindo, brigão dos musseques de Luanda.

No passeio, negro João olha o amigo que o ensinou a ler, que lhe ensinou a vida. Calumango calado, o olhar receoso acompanhando o amigo que não tinha medo dos polícias nem do cassetete. Nem gritava quando lhe batiam.

Sentiu qualquer coisa dentro de si partir-se. Os punhos cerraram-se. Não era mais Calumango, rato do mato! Não era mais!

Na outra esquina, a mão livre num adeus camarada,

Armindo mulato, do corpo gingão, dos ditos malandros, sorria para trás.

Negro João, Calumango, rato do mato, lá ficavam na vida!

Olharam-se ambos. O olhar dizia as mesmas palavras do amigo que ensinava a ler, que ensinava a não ter medo. As palavras que ele não soubera dizer naquela noite, as palavras que ele tinha ouvido, desenhadas nos lábios do primo marinheiro de muitos portos e muitas águas, cresciam dentro deles. Palavras que faziam de todos os portos do mundo, portos de todo o mundo.

A imagem camarada do mulato sorrindo no adeus crescia, crescia também e inundava-os de esperança.

Abraçados os dois, seguiram na noite clara da cidade jovem.

20-4-57

Glossário

Cassumbula: Jogo infantil de assalto, por efeito de pacto entre os jogadores.

Catandu: Pequena apara de bordão; casca de bordão.

Catete: Pássaro cinzento-claro.

Celestes: Pássaros azul-acinzentados

Gajajeira: Árvore terebintácea.

Gungo: Pássaro canoro castanho-claro.

Jinguba: Amendoim.

Luando: Esteira de papiro que enrola no sentido da largura.

Mafumeira: Árvore de folha caduca na época da floração, atingindo 30 metros de altura, e mais. Da penugem que reveste as suas sementes faz-se a sumaúma, e o caule é aproveitado, por escavação, para o fabrico de canoas (*Ceiba pentandra*) (tb. mufumeira, mafuma).

Matumbo: Ignorante; estúpido.

Mucefo: Qualidade de tamarindo mais ácido.

Mulemba: Árvore angolana de grande porte; sicómoro.

Muxixeiro: Árvore angolana de grande porte.

Pica-flores: Pássaro, o mesmo que colibri.

Plim-plau: Pássaro acinzentado.

Quedes: Sapatos em lona e borracha, de fabrico local; ténis.

Quicuerra: Mimo feito de farinha de mandioca, açúcar e amendoim.

Quinda: Cesto pequeno e baixo.

Quitandeira: Aquela que vende na quitanda. Pequena negociante, vendedora ambulante (de "quitanda", mercado, feira, praça, posto de venda de géneros frescos, pequena loja ou barraca de negócio).

Rabo-de-junco: Pássaro de cauda comprida e plumagem acastanhada.

Sungadibengo: Mulato; mestiço (sentido depreciativo).

Viúva: Pássaro negro, de cauda comprida.

ANEXOS

A libertação do espaço agredido através da linguagem

Prefácio à 2ª edição (1977)

A Casa dos Estudantes do Império

Eram livrinhos de reduzido formato e de algumas dezenas de páginas. Editora: a Casa dos Estudantes do Império, Lisboa. Aí saiu em 1960, na Colecção Autores Ultramarinos, com o número 2, o primeiro texto de ficção, *A Cidade e a Infância*, de José Luandino Vieira. Já lá vão, portanto, dezasseis anos.

A Casa dos Estudantes do Império, que aguarda um biógrafo à sua altura[1], funcionava em Lisboa, na Avenida Duque d'Ávila, nº 23. Múltiplas as vicissitudes desde a sua fundação, decidida numa assembleia geral de A Casa de Angola, em 1945, cedo os principais e sucessivos responsáveis lhe imprimiram um carácter que contrariava os desígnios oficiais. Pelo menos a partir de 1948 já era mais "africana" do que "imperial". É interessante verifi-

---

[1] Dedicámos-lhes um capítulo no segundo volume de *No reino de Caliban* — antologia da poesia africana de expressão portuguesa. Lisboa, 1976, pp. 260-4.

car que, em 1948, na Casa da África Portuguesa (adiante referida e não confundir com a Casa dos Estudantes do Império), em certo dia, no nº 37 da Rua Actor Vale, e na presença de estudantes africanos, entre os quais Vasco Cabral, Marcelino dos Santos, Mário de Andrade, Amílcar Cabral, um jovem estudante de medicina lia versos de poetas africanos. Esse jovem estudante era Agostinho Neto, que, no final, dizia: "— [...] Recebi de Luanda uma carta do amigo Viriato [da] Cruz, talvez vocês tenham ouvido falar nele. É um dos nossos poetas. Pois bem, comunica-me que organizaram lá um centro cultural e que o denominaram: *Descubramos Angola* [i. e., Vamos descobrir Angola, corrigindo a tradução[2]]. Escreve ele que vão procurar fazer um estudo da história africana, da arte popular, vão escrever contos e poemas, imprimi-los e depois vender os livros, e, com o dinheiro que conseguirem, pretendem ajudar os escritores e poetas talentosos necessitados. Parece que poderíamos fazer o mesmo aqui, em Lisboa. Temos, com efeito, muitas pessoas que sabem compor versos e escrever contos não só sobre a vida estudantil mas também sobre as nossas terras, sobre Angola, Moçambique, as ilhas de Cabo Verde e São Tomé". Porque estas palavras, por certo, correspondiam aos anseios dos mais esclarecidos intelectuais africanos vivendo em Lisboa ou em Coimbra, se dá, de imediato, por uma actividade editorial significativa.

A revista *Mensagem* (1949), o livro de poemas *Linha do horizonte* (1951), do cabo-verdiano Aguinaldo Fonseca, *Godido e outros contos* (1949), do malogrado jovem moçambicano João B. Dias, a antologia *Poesia*

---

[2] Oleg Ignatiev, *Amílcar Cabral, filho de África*. Narração biográfica. Tradução do russo por Hudson C. Lacerda. Lisboa, Prelo Editora, 1975, p. 15.

em Moçambique, em 1951, o *Meridiano*, editado em 1948 pela Secção de Coimbra, e outras iniciativas culturais: conferências, colóquios, recitais de poesia africana como dos que há notícia levados a cabo pela poetisa Alda Lara, já falecida, são a confirmação de que a *praxis* cultural da Casa dos Estudantes do Império se desembaraçava dos liames da servidão oficial e rumava, de peito aberto, ao coração de África.

Só que as entidades coloniais e fascistas não dormiam. Desconfiadas e raivosas, a tranquilidade vinha-lhes dos zelosos "informadores", que tudo farejavam. Encerrada pela PIDE em 1947 e aberta depois, logo de 1952 a 1957 e ainda nos primeiros meses de 1961 o governo impõe à Casa dos Estudantes do Império uma Comissão Administrativa feita à sua imagem e semelhança, como eram e foram ao longo do fascismo todas as comissões administrativas de clubes, associações recreativas ou culturais, sindicatos, organizações estudantis ou operárias.

Simplesmente, é dos livros. A subterrânea força libertadora da inteligência nada a pode deter. Nem a polícia, nem a censura, nem qualquer outro tipo de opressão ou repressão é capaz de suprimir o crescimento da consciência revolucionária. E em 1960 a Casa dos Estudantes do Império volve, agora em força, e mais bem apetrechada pela experiência dos seus novos associados, ao exercício de uma actividade cultural que se mantém até 1965 (data em que é destruída), como uma das mais importantes tarefas empreendidas, no domínio da cultura, nesse período, em todo o "Império".

Reinicia-se a publicação de *Mensagem* (não confundir com outra do mesmo nome editada em Luanda), reestruturada e melhorada. Avança-se na organização de conferências, colóquios e recitais de poesia. Editam-se quatro antologias de poesia e uma de contos. Cria-se uma colecção de estudos e dá-se especial relevo à Colecção Autores Ultramarinos, para a revelação de poetas e contistas africanos, que chegou a preencher 14 títulos e o mesmo número de autores. A propósito desta colecção vale conhecer a passagem de uma carta de Carlos Ervedosa, que desempenhou papel fundamental na Casa dos Estudantes do Império, na década de 60, enviada em 7 de Março de 1960 para Angola, ao poeta Ernesto Lara Filho, falecido no corrente ano: "A Colecção Autores Ultramarinos, por ser uma ideia boa de mais para se perder, continua sob a minha direcção e do C. Andrade, mas independente da Casa. Temos muito entusiasmo mas falta de massa, não podemos meter-nos em edições caras, o máximo 15$00 por livro com uma tiragem de 500 ex. Estas nossas tiragens não se destinam ao grande público — apenas a 500 pessoas interessadas no nosso movimento literário, críticos e intelectuais. [...]. Temos que editar com toda a força. O grande mal da nossa literatura tem sido precisamente nunca ter passado de jornais e revistas. Precisamos de obras de fôlego para nos impormos culturalmente. Mas essas obras não podem aparecer sem uma prévia preparação, sem passar pela fase que atravessamos, iniciada e interrompida há dez anos". Daí que seja difícil entender-se o processo evolutivo literário e cultural africano de expressão portuguesa sem o conhecimento exacto do esforço desenvolvido pelos estudantes africanos no seio da Casa dos Estudantes do Império. Muitos dos que hoje são dos mais prestigiosos escritores e intelectuais africanos por ali passaram, ali aprenderam ou ensinaram, ali terminaram por dar o melhor do seu esforço na estruturação de uma consciência nacional e libertadora. E não só escritores ou intelectuais, mas também militantes políticos que terminaram por desempenhar um papel fundamental na criação ou direcção ou dinamização dos movimentos de libertação nacional. Basta dizer, e correndo todos os riscos de omissões flagrantes, que exerceram uma actuação de relevo na CEI, entre outros, Agostinho Neto, Amílcar Cabral, Alda do Espírito Santo, Costa Andrade, David Bernardino, Eduardo Mondlane, Fernando Ganhão, Hélder Neto, Henrique Abranches, Marcelino dos Santos, Maria do Céu, Maria Manuela Margarido, Mário Pinto de Andrade, Paulo Jorge, Sérgio Vieira, Tomás Medeiros, Vasco Cabral, alguns deles, sobretudo no período de 40/50, empenhadamente comprometidos na luta clandestina antifascista em Portugal, sobretudo através do MUD-Juvenil (Movimento de Unidade Democrática — Juvenil). Estes e muitos outros escritores, políticos, intelectuais, ali se agruparam para uma prática de consciencialização africana que comportou os riscos da prisão ou da perseguição, até que terminaram por se exilar[3].

---

[3] Há a notar, todavia, que as actividades políticas dos jovens estudantes africanos residentes em Lisboa, e cujo número foi aumentando substancialmente a partir dos fins da década de 40, se repartiam por outros locais, incluindo o Café Lisboa, e organizações além das já citadas. Um centro de acção "subversiva" era a já citada Casa da África Portuguesa, criada cerca de 1925, na qual "todos os cargos-chave eram ocupados por africanos" que podiam ser considerados como pertencentes à "aristocracia" africana, acostumada a receber esmolas dos portugueses e a quem não passava pela cabeça que alguém contrariasse as autoridades. "Mas onde foi possível mesmo assim criar, por africanos, uma secção do MUD-Juvenil." Ainda na década de 40 "um grupo de estudantes africanos se reunia às segundas-feiras" no nº 37 da Rua Actor Vale, para discutirem problemas ligados à acção política e à cultura africana. Entre eles, Vasco Cabral, Agostinho Neto, Mário de Andrade, Marcelino dos Santos e Amílcar Cabral. Em 1950 é criado o Centro de Estudos Africanos, onde, em Abril do mesmo ano, foi realizada "a primeira conferência proferida por Amílcar Cabral, finalista do Instituto Superior de Agronomia. A conferência foi dedicada aos problemas da agricultura em África". A este respeito é abundante e importante a informação prestada na obra *Amílcar Cabral, filho de África*, cit.

O terrorismo da PIDE e o polígono estratégico da reacção anticolonialista na reconstrução da identidade africana

As jovens gerações desconhecem ou têm uma ideia imprecisa do que eram esses tempos tortuosos do fascismo, desses tempos em que falar de cultura, de autêntica cultura, equivalia a desafiar as pistolas de todos os grandes e pequenos ditadores ("Quando oiço falar em cultura aponto logo a pistola" — Goebbels, ministro da Informação de Hitler). Publicar um livro, um certo livro, escrever um artigo, uma crítica, organizar uma antologia, constituía um acto subversivo, e os autores, de imediato ou mais tarde, haviam de responder pelo acto abusivo. Só aos ideólogos do fascismo era dado escrever o que lhes dava na real gana, amiúde exaltando, na rádio, na televisão e em algumas páginas literárias, por um lado, a mediocridade identificada com a política colonialista, por outro, alimentando a vaidade de alguns pequenos escritores, criando-lhes vãs ilusões, ao mesmo tempo que praticavam a política do silêncio ou da reserva maldosa, quando não era a da calúnia ou da denúncia em relação a autênticos e indiscutíveis construtores da literatura africana de língua portuguesa. Era o tempo do terror. Da ímpia devassa. As casas, os cafés, as escolas, as oficinas, as associações, os encontros, os telefonemas. Dir-se-ia que os nossos próprios pensamentos. Em cada esquina, em cada passo da nossa vida, havia um polícia de óculos escuros mascarado de cidadão inofensivo. A violação era a lei. Inclusive — e de que forma rigorosamente perversa! — a própria correspondência, a remessa de livros. Máquina diabolicamente organizada, com ela se pretendia destruir todos os circuitos que procuravam iludir a implacável vigilância policial.

Pois bem. Mesmo assim, e apesar de tudo, foi possível manter viva a rede de contactos no vasto polígono definido por estes pontos: Lisboa, Angola, Moçambique, Cabo Verde, São Tomé e Príncipe, Guiné-Bissau e, mais ao longe, na era do terror e do exílio, Paris, Argel, Lusaka, Roterdão, Brasil. A necessidade de furar o gueto, e a longa experiência de uma continuada clandestinidade, aguçava o engenho e desenvolvia o aperfeiçoamento dos códigos de comunicação. Os contactos eram alcançados por intermédio de amigos ou militantes que circulavam, ocasionalmente ou pela natureza da sua profissão, nos comboios, nos aviões, nos barcos, levando mensagens, livros, artigos, poemas, etc. Também circulavam, ocasional ou permanentemente, os "informadores", os pides, é verdade. E, por vezes, provocavam fundos estragos. Mas a perícia revolucionária foi sempre suficiente para tornear a acção repressiva, criando novos espaços de acção. Daí a coesão obtida entre os animadores culturais, escritores, intelectuais das ex-colónias portuguesas e os que residiam em Lisboa.

Ora, tudo isto para dizer que dos autores revelados na Colecção Autores Ultramarinos alguns nunca estudaram nos liceus ou nas universidades de Lisboa, Coimbra ou Porto. Outro tanto se pode dizer de considerável número de colaboradores da revista *Mensagem* da Casa dos Estudantes do Império. É o caso de José Luandino Vieira. O caso de *A Cidade e a Infância.* Ou de *Vidas Novas*, apresentado ao concurso da CEI em 1962, e premiado, embora só mais tarde tenha vindo a ser publicado, pela primeira vez, em França. E já por essa altura Luandino se encontrava preso, pela PIDE, em Luanda, acusado de actividades anticolonialistas ou, como eles diziam, "contra a segurança externa do Estado".

Quando oiço falar de cultura aponto logo a pistola

Cedo, alguns anos antes de ser preso, o jovem Luandino Vieira e os seus compatriotas angolanos souberam o que isto *realmente* significava. Mas antes de, a tal respeito, darmos a palavra ao Autor, cuidamos de chamar a atenção para um acto cujo conhecimento é essencial para o entendimento do relato de Luandino Vieira. E vem a ser que há duas obras deste Autor com o mesmo título: *A Cidade e a Infância.* Esta que ora se reedita e outra publicada em Luanda em 1957, subscrita por José Graça (i. e. José Vieira Mateus da Graça, de seu nome de baptismo). E se, por um lado, aquela, mesmo para muitos dos admiradores e estudiosos de Luandino Vieira, é desconhecida, a existência da segunda será do conhecimento de uma dúzia de angolanos, se tanto. São, no entanto, duas obras diferentes. Quatro estórias compõem a primeira, dez a segunda. E destas dez apenas uma pertence ao grupo de quatro estórias que são tantas quantas comporta a edição de 1957.

José Luandino Vieira, apanhado assim de surpresa, explica-nos o enigma do viperino desaparecimento de *A Cidade e a Infância* de 1957. E transcrevendo-o, na íntegra, julgamos fornecer um documento confessional de excepcional relevância política e histórico-cultural:

São vocês, os chatos prefaciadores e antologiadores, que obrigam a malta a organizar as memórias aos 40 anos, dando-se por mortos, enterrados e outras rimas em ado.

A Cidade e a Infância *(daqui por diante CI) era originalmente dois livros:* CI *e* Vadiagem. *Aí agrupara o que eu considerava valer a pena publicar de tudo quanto vinha escrevendo desde os 13 anos.*

A CI *era: "Vidas", "Sábado de Tarde", "Encontro de Acaso", "O Despertar", "A Fronteira de Asfalto", "Algemas de Papel", "O Nascer do Sol", "A Menina Tola", "A Morte de Um Negro", "A Cidade e a Infância" e "Um Buraco no Capim".*

O mais antigo era de 54, o mais recente de 29/5/56. Vadiagem *era os contos em três grupos: Musseques (Marcelina, Bebiana e Rebeca), ABC (Joãozinho, Faustino e Quinzinho) e Três Simples Estórias (Desertor, Companheiros e Primeira Canção do Mar).*

Estamos então em 1957. Eu, em Luanda, de regresso do Huambo (ex-Nova Lisboa), onde cumprira serviço militar. Chego a Luanda colocado na Biblioteca do Quartel-General, primeiro-cabo para tomar conta de livros. O exército colonial não tinha realmente a vocação da leitura e eu passava os meus dias do seguinte modo: de manhã, com qualquer desculpa, ia para a praia (depois de içar a bandeira portuguesa, que era o trabalho do cabo da Biblioteca); de tarde estudava na Biblioteca o meu mal-feito sétimo ano do Liceu, que, nessa altura, estudava por "fora" com o António Cardoso e o Hélder Neto. Estudávamos todas as disciplinas do 7º ano de Letras. Todas: Latim e Grego e Alemão e Inglês e Francês e não sei mais quê, parece que OPAN — Organização Política e Administrativa da Nação...

Então e à noite? Bom, à noite reuníamo-nos geralmente numa mesa de canto da esplanada de um café atrás do Liceu, Café Monte Carlo. E discutíamos tudo, virávamos o mundo do avesso.

(Com a ajuda do António Jacinto, que, à distância e aos domingos de manhã, nos ia subtilmente orientando e enquadrando, via literatura, para a "outra coisa"...)

Quem eram os que faziam parte? Lembro-me de Hélder Neto e João Abel, António Cardoso, mas havia muitos mais. Os irmãos Guerra (Henrique e Benúdia), outros jovens ligados à S. Cultural de Angola. Então veio a ideia: publicar cadernos literários, uma espécie de cooperativa. Tudo assente. Reuniões em minha casa (um 3º andar na Rua Silva Porto, onde eu morava com o João Morais, desenhador da CML). Tudo organizado. O primeiro caderno seria de poesia: do António Cardoso. Feita a selecção, o AC introduzira poemas que foram considerados "muito fortes" e cuja publicação — em nosso entender — iria pôr em perigo logo ao nascer a iniciativa que se queria de mais longa duração, para fazer acção política.

Começa-se a preparar outro caderno, com o Henrique Abranches, que andava lá para o extremo sul, em terras de cuanhamas, e enviava, e publicava no jornal, artigos sobre música e instrumentos musicais dos povos angolanos daquela região. Caderno preparado. Adolfo Maria ainda estava no serviço militar, em Huambo. Com ele se discutia, por carta, essa iniciativa editorial. Ficou cadernos "Nzamba" — força e lealdade do elefante. (Nzamba é elefante, em quimbundo.) Entretanto discutia-se muito, com Cardoso sobretudo, pois ele era do parecer contrário, queria que o caderno saísse mesmo assim e o primeiro poema que ele seleccionara, lembro-me, terminava com este verso: "E comunismo minha fé!".

Nós, em oposição, queríamos primeiro impor os cadernos e ir progressivamente, por acumulação, aumentando de tom e eficácia.

Resolve-se então seleccionar dos meus cadernos, contos para um caderno que se publicaria para abrir a colecção. Selecciono "Vidas" (sobre três espécies de prostitutas), *"A Menina Tola" (um caso em que colonos ignorantes não deixam a filha ir para a escola aprender a ler para que ela não aprenda asneiras e sexo), "A Morte de Um Negro" (que era a razão do caderno, história de um angolano que não se vende e que procura, sozinho, vencer a sociedade colonial, as suas barreiras de classe e casta e raça, e que cai numa emboscada de cipaios, se recusa a pagar o que pedem para o deixarem seguir e é morto) e "Encontro de Acaso" (incluído na CI).*

Arranja-se tipografia: ABC. O dono daquilo (mais tarde senhor da Neográfica e do "Notícia") faz orçamento para 500 exemplares, capa a duas cores, formato mais ou menos A4, e começa a composição mediante o pagamento de $1/_4$ *do valor, cerca de 2 contos e tal. Pago. Revejo provas. Revejo provas de capa. Quando o livro está impresso, mais* $1/_4$ *do valor é pago. Passo diariamente, duas vezes, uma à tarde e outra à noite, pela tipografia, que era na rampa do Liceu, para ver quando estava pronto. Em que data? Isto entre Maio de 57 e Setembro de 57, data em que mais ou menos saí do serviço militar (que tive de cumprir até ao último dos dias dos quase dois anitos!).*

Então um dia pelo início da tarde os cadernos estão prontos a coser a arame. Peço ao Simões (o dono da tipografia) que me arranje alguns. Rapidamente (nesse dia eu havia pago a 3ª prestação) arranja-me três, que levo comigo para o QG. Bom, não me lembro do que foi a minha reacção ao meu primeiro livro. Sei que à saída do "trabalho" (QG) fui para o meu antigo emprego, na Volvo, onde, ao fim da tarde, fazia um part-time *para as coroas para pagar a renda do apartamento. O gerente (dono), homem de cultura literária e grande amigo de angolanos e sua luta (ainda hoje está entre nós, cumprindo o seu dever no sector dos transportes), pede-me encarecidamente um exemplar. Eu tinha recebido três do Simões. A capa era mais ou menos a capa que mais tarde eu reproduzi de memória na edição da CEI. Mas a do caderno era da autoria do João Morais, meu amigo de desporto (atletismo) e companheiro de apartamento. As letras eram ocre? Parece-me que sim. Regresso então ao bairro, ao Bar Monte Carlo, e aí ofereço outro exemplar ao meu amigo de Infância António Cardoso (espero que ele ainda o encontre um dia, porque nunca mais se viu nenhum exemplar). Isto na esperança de, no dia seguinte, levantar os 100 que o Simões havia prometido. E à noite meto o terceiro exemplar num envelope, com meia dúzia de palavras para um amigo exilado político português na Argentina: António Simões Júnior, algarvio de Olhão, morador se bem me lembro em Avellaneda, Buenos Aires. Esse camarada enviava pelo correio livros e revistas literárias do que havia de melhor e mais revolucionário na literatura da América Latina: por ele e graças a ele ainda hoje tenho todo o Neruda da Losada, poesia negra das Américas, etc., etc. Então ponho, nessa noite, antes do jantar o caderno no correio. Nunca soube se o recebeu, não sei se também esse exemplar se perdeu.*

Porque nessa noite passou-se algo de estranho. Começámos a ver carros que não eram da área com gente que também não era habitué *no Monte Carlo. Caras que Luanda ainda não conhecia, com ar e movimento que também não conhecíamos. Sabíamos vagamente que na PSP funcionava um departamento de polícia política fascista, um vago Oliveira dos quadros dessa PSP teria passado para a tal polícia nova, mas... Fomos então, um a um pouco a pouco, para o meu apartamento. E de lá do escuro controlámos realmente idas e vindas de* Volkswagen, *tipos que procuravam olhando fachadas, parando no Monte Carlo, falando com os criados, etc.*

Bom, separámo-nos. Cada qual foi dormir. De ma-

nhã, de volta do QG para o almoço, passo pela ABC para trazer os 100 exemplares.

É então que o tal Simões me diz que nessa manhã funcionários da Administração do Concelho de Luanda e da PSP, comandados pelo capitão Galvão, tinham estado lá e que haviam levado tudo: composição, provas e livro, nada tendo ficado.

Tudo apreendido e sem auto, nem nada, um prejuízo, dizia o tipo. Que me informasse, etc., etc.

Bom: vim a saber depois que fora ele quem enviara exemplares para a polícia logo que estavam compostos. Ele os denunciara, os entregara. Soube disso porque em 1959, estando preso na cadeia da PIDE em São Paulo, encontrei aí um tipógrafo que compusera o livro e que, rindo, me falou dos inúmeros exemplares que tinha tirado e distribuído em papel de provas com gralhas e tudo e que em 1959 ainda circulavam no musseque e de que tive a alegria de ver um, quando depois me libertaram antes do fim do ano.

Claro que lutei pelo "meu livro". Fui ao secretário--geral do Governo, barafustei, discuti da ilegalidade do acto, etc. e tal. O argumento decisivo foi o seguinte: o caderno não tem nada de mal, foi apreendido por razões puramente administrativas: eu era cabo, estava no exército, não podia publicar nada sem que o General lesse e autorizasse! Bom, perdemos caderno, dinheiro, etc., e a iniciativa dos cadernos morreu.

Morreu porque, na noite desse dia, a tal polícia nova cercou o prédio onde eu morava e andou por lá a investigar... O que originou uma cena que te conto:

Tinha o quarto cheio de livros de marxismo e outros, considerados perigosos. (E valiosos, porque havia poucos em Luanda, e faziam várias voltas, biblioteca itinerante.) Eu nesse tempo jogava futebol no Atlético e os treinos *eram de manhã, às seis, no campo da Samba. Mas íamos ter à sede do clube em plena Baixa. Então depois dessa noite, estás a ver o teu amigo sair de casa, já equipado, de calções brancos, botas e meias, camisola e blusão por cima — para todos verem que eu era um inocente jogador de futebol — e com um grande saco de vela que eu tinha, cheio dos meus melhores amigos, os livrinhos marxistas misturados com a toalha, sabonete e uma bola por cima de tudo bem à vista? No cacimbo da manhã, cinco e tal, as luzes da cidade a apagarem-se nas ruas desertas e eu a fazer escala por casa do Adolfo e deixar os livros à mãe D. Glória e a seguir através da cidade, possivelmente com o ar mais conspirativo deste mundo? Ri-te!*

Uma coisa positiva: nesse dia vi a minha terra como nunca havia visto, sob a neblina, vazia, sem nada nem ninguém nas ruas velhas da Baixa, uma impressão tão forte que faz parte duma estória futura...

José Luandino Vieira

Texto debitado à velocidade da máquina de escrever, memória na apetência do fogoso registo vivencial (chega a ser, do ponto de vista da escrita, um "novo" Luandino Vieira, o que tem o seu particular interesse), dele verte a difusão da consciencialização revolucionária angolana, e nele se confirma a disseminação do farisaísmo repressivo de pequenos ou grandes e desvairados goebbels. E por ele se poderá fazer uma ideia do que viria a ser essa cavalgada do ódio que se abatia e abateu sobre a cultura, a liberdade, o pensamento.

Por tudo quanto dizemos, que Luandino Vieira nos perdoe esta pequena traição: a de lhe havermos transcrito, na íntegra, sem que ele sequer o suspeitasse, um depoimento pedido à sorrelfa, e de que, por princípio, o destinatário seria apenas o prefaciador.

A narrativa angolana tem no século XIX o seu precursor, Alfredo Troni. Reencontra-se em Assis Júnior na década de 30 do século XX e, posteriormente, ganha a sua face moderna nas obras de Castro Soromenho. Em boa verdade, porém, só mais tarde, naquele conjunto de romances que se considera a segunda fase da sua obra, Castro Soromenho apreende o complexo sistema de contradições da sociedade angolana colonizada e, então sim, a sua voz se torna deliberadamente acusatória, num discurso de raiz africana que descola, em definitivo, do seu contrário: o discurso colonialista. Mas o projecto de uma ficção angolana que conferisse ao homem africano o estatuto de soberania surge no início dos anos 50. Os pólos da estrutura romanesca transitam das figuras do administrador ou do colono europeus para a representação de pessoas africanas, normalmente como personagens principais (*heróis*) e não, na generalidade, personagens secundárias como era a tendência.

Luandino Vieira — um caso de precocidade literária —, em 1952, aos dezasseis anos, portanto, faz aquilo que julgamos ser sua estreia literária com o conto "O cartaz", publicado no órgão liceal *O Estudante*. Alguns mais iria publicar, em revistas e jornais, tal como sucedeu a outros jovens escritores, a partir de 1952, no nº 2/4 da *Mensagem* (Luanda), cujos nomes talvez fosse ocioso enumerar aqui[4]. No entanto, ao editar em 1957, como se disse, *A Cidade e a Infância*, ou, se quisermos, a obra com mesmo título, em 1960, que ora se prefacia (e neste o Autor praticamente não introduziu agora

---

[4] A propósito da bibliografia de José Luandino Vieira (e dos outros escritores dos novos países africanos de língua portuguesa) vide *Bibliografia da literatura africana de expressão portuguesa*, no prelo, edição da Imprensa Nacional, da autoria de Gerald Moser e Manuel Ferreira.

alterações que não fossem aqui e ali, de simples grafia), sagra-se como o primeiro ficcionista, em livro, desta fase da autêntica literatura angolana.

Inúmeras "leituras" desta obra, esgotada há cerca de quinze anos, vão ser feitas, e com elas se irá reescrevendo o verdadeiro livro de Luandino Vieira. Daí que, depois deste excurso histórico e biográfico, caberia terminarmos aqui a nossa intervenção. Releve-se-nos, todavia, que adiantemos algumas considerações no jeito desta aventura de leitor-"co-autor".

O espaço agredido no trânsito para a desalienação

Há uma relação definida pelo próprio título: "a cidade e a infância", que, por ter persistido nos dois livros, embora diferentes, nos transmite já a ideia de que o Autor atribuía real e significativa importância a uma "infância" inserida numa certa "cidade".

Experiência vivida no passado, a memória se faz registo do tempo da "meninice descuidada" n'"as aventuras" da "Grande Floresta" tornada "o centro do mundo" ("éramos os reis da Grande Floresta"). Heróis, os "meninos brancos e negros" que comeram "quicuerra e peixe frito", que fizeram "fugas e fisgas e que em manhãs de chuva" deitavam "o corpo sujo na água suja e de alma limpa" e iam "à conquista do reduto dos bandidos do Kinaxixi", onde se situava a "Grande Floresta".

"Era o tempo da paz e do silêncio entre cubatas à sombra de mulembas." Mas "o prédio, há meses ainda em alicerces onde se brinca às escondidas, levanta agora, contra a Quinta dos Amores de casas antigas de mangueiras e goiabeiras nos quintais, o orgulho do seu primeiro andar" (*in* "O nascer do sol"). E "hoje muitos edifícios foram construídos. As casas de pau-a-pique foram substituídas por prédios de ferro e cimento, a areia vermelha coberta pelo asfalto negro, e a rua deixou de ser a Rua do Lima. Deram-lhe outro nome" (*in* "A cidade e a infância").

Significa que estas estórias são de "quando ainda não havia a fronteira do asfalto", de quando a "areia vermelha" não tinha sido ainda "coberta pelo asfalto negro" e o nome de origem circunstancial (aliás, emendamos, a toponímia de raiz, aquela que nasce pela força do quotidiano) não havia dado lugar à toponímia oficial. Significa que houve uma mudança. Uma mudança física. Mas só?

Por um lado era o tempo em que os "meninos brancos e negros" viviam em comum as suas aventuras do dia-a-dia. O tempo dos "papagaios de papel", dos "sonhos de papel de seda levantados contra o céu azul". E também o "tempo da paz e do silêncio entre cubatas à sombra das mulembas". O tempo em que "as mulheres brancas não vinham para Angola" porque "era terra de condenados".

Ao longo do texto ou dos vários textos somos introduzidos assim num espaço social e humano angolano, específico, inserido num espaço geográfico concreto e bem determinado: Luanda e, ocasionalmente, Huambo (ex-Nova Lisboa).

E vamos sabendo que na cidade do antigamente havia espaço e condições para uma certa convivência racial, havia "paz" e "silêncio entre as cubatas à sombra das mulembas". Mas tudo isso se subverteu à medida que as "casas de pau-a-pique e zinco foram substituídas por prédios de ferro e cimento". Tudo isso se alterou com a hegemonia e a arrogância da presença branca, criando a "fronteira do asfalto". De um lado os europeus, do outro as gentes dos musseques, habitados por negros, mestiços e alguns brancos desprotegidos. Cresce a marginalização social, agrava-se a segregação racial. De cidade mista, Luanda se transforma em cidade bipartida e bivalente. A uma mudança física correspondeu uma mudança social (racial).

Há assim para o autor-narrador duas cidades distintas: a das "cubatas" e "pau-a-pique e zinco" — a cidade dos musseques, a de raiz africana — e a outra, a que cresce, arrasa, avança nos "prédios de ferro e cimento". Uma, a cidade dos africanos; outra, a cidade dos europeus. E é nesta relação que se estabelece todo o jogo de oposições num quadro perfeitamente definido: *colonizado* versus *colonizador*.

O narrador envolve assim duas linhas de representação visíveis, que se intercepcionam e complementam: a evocação do "antigamente" e uma perspectiva diacrónica dada na relacionação de passado/presente. Para nos fazermos entender entra aqui, se nos é permitido, uma nova categoria de tempo: não o *tempo cultural*, também importante, mas o *tempo social* (sistema de relações entre vários grupos e níveis sociais, com a existência de um código institucionalizado), de pertinência relevante em espaços como estes, afectados pela assimilação e aculturação (conceito antropológico: científico) e que, no caso vertente, esta última se altera, regredindo, a partir do tempo em que decorre a acção das histórias (*tempo histórico*), até à altura em que elas são contadas (*tempo do escritor*).

Toda a geração de Luandino Vieira é sensível a este fenómeno e enquadra-o criticamente com ênfase. Nomeadamente alguns poetas. Não é por acaso que Costa Andrade, que prefaciou a primeira edição, refere este facto.

A partir dos anos 40 há a tendência para aumentar substancialmente a população branca de Luanda — e a burguesia mestiça, com tradições que vinham sobretudo da segunda metade do século XIX, a pouco e pouco é substituída pela burguesia branca. A política marcadamente racista do governo colonial-fascista acelera a mudança negativa do quadro socioeconómico, cultural e racial de Luanda, destruindo a possibilidade do desenvolvimento do convívio racial. E os que nasceram na década de 30, aos vinte anos puderam, numa visão retrospectiva, dar conta da mudança racial que se havia registado. Ora o jogo da evocação de Luandino Vieira, que parece sentimental, nos remete para um relato crítico e não de modo nenhum saudosista.

Os textos, como teria já ficado entendido, são a representação do mundo subdesenvolvido dos musseques. E, embora sejam histórias da infância, as personagens que povoam as narrativas nem sempre são jovens. A apreensão da realidade faz-se na sua totalidade social, equacionando a relacionação entre jovens e adultos. E, porque se trata de uma sociedade colonizada, a presença do colono, directa ou indirectamente, adquire uma constante significativa. Assim o universo que se vai desenhando a nossos olhos é marcado pela existência de uma disponibilidade real e intensa para a sobrevivência, torneando a barreira da humilhação. Daí que o enunciado se transforme em denúncia, é a palavra. Mesmo quando, num campo semântico tão complexo como este, que se preenche pelo despertar da adolescência, nos apelos do amor, do sexo; as rixas, o tempo vazio a encher-se de bailes e farras pelos musseques ou de bebida pelas tabernas; ou nos "sonhos de papel de seda, levantados contra o céu azul"; ou nas aventuras da "Grande Floresta"; ou pelos locais da prostituição; mesmo quando isso acontece, e é o grande quinhão deste espaço literário, a mensagem é um libelo. Libelo que se dimensiona quando o registo é essencialmente feito da fome, da injustiça nos comportamentos dos que dominam, seja a que nível for, da repressão ou desse diabólico interveniente que é o veneno racial.

Com efeito, é patente a denúncia do racismo branco. Racismo que irrompia já entre jovens da pequena burguesia branca.

"O menino malcriado corria por cima da relva. Chegou-se junto de Faustino, deitou a língua de fora e gritou:

— Bóbi, Bóbi!"

E depois "o menino e outros meninos, todos de língua de fora, formavam roda e gritavam:

— Bóbi! Bóbi! Bóbi!"

Referente esse da cor da pele que pontua vários textos, assumindo as mais insuspeitadas variações, como neste diálogo travado entre dois jovens de sexo e cor diferentes. Ela, que é branca:

— Mas tu nunca viste neve...

— Pois não, mas creio que cai assim...

— É branca, muito branca...

— Como tu!

E um sorriso triste aflorou aos lábios dele.

— Ricardo! Também há neve cinzenta... cinzenta-escura.

— Lembra-te da nossa combinação. Não mais...

— Sim, não mais falar da tua cor. Mas quem falou primeiro foste tu."

Mas nesta altura a "fronteira do asfalto", que se transmudou em barreira racial, já os havia separado e imposto a sua lei: "— E tu achas que está tudo como então? Como quando brincávamos à barra do lenço ou às escondidas? Quando eu era o teu amigo Ricardo, um pretinho muito limpo e educado, no dizer de tua mãe? Achas..."

Há entre eles suspensões, tensões, uma conversa sinuosa, incómoda, como quem se pretende agarrar a um passado, ao tal passado em que a cidade permitia ainda um certo convívio racial. Não obstante, havia a outra face. A da solidariedade, independentemente da cor da pele.

A solidariedade a que o narrador empresta uma conotação ideológica para além da puramente afectiva: "Vais a enterrar, Quinzinho, vais quieto como nunca foste". E "eu também aqui no meio dos teus amigos. Mas não vou triste. Não. Porque uma morte como a tua constrói liberdades futuras. [...] Por isso não vou triste, não. Não sou talvez o teu único amigo branco, mas os outros não tiveram coragem de te vir acompanhar. E são para ti estas rosas vermelhas". (Veja-se proximidade com a narrativa *Nós, os do Makulusu*.)

De qualquer modo, todos eles são prisioneiros do acanhado espaço que lhes foi reservado. O espaço da miséria, da fome, da exploração e da repressão, o espaço d'"o medo do negro pelo polícia".

Mas pelos locais da prostituição, pelas tabernas, pelas prisões, nos capins dos musseques, pela vadiagem nos musseques, ouvindo contar histórias do antigamente, apanhando porrada da polícia, do patrão, da "senhora", nas desilusões do amor desfeito na crueldade do racismo, na impossibilidade do acesso ao ensino, um traço de luz vai penetrando na consciência, incutindo-lhes a confiança para um combate cada vez mais duro. Cujos contornos ainda se não definem, que ainda se desconhece qual vai ser a sua verdadeira face e a sua dimensão, sua grandeza, mas que é — nem sempre as personagens o consciencializam, mas nós, destinatários da mensagem, sentimo-lo —, mas que vai ser o sémen que há-de fecundar-se em rebeldia e em força criadora autenticamente libertadora.

Isto nos é trazido na metáfora ou na alegoria — às vezes necessariamente rebuscadas. É no subtexto que reside a real intenção significativa do autor-narrador.

Nem sempre é fácil colocar na fala das personagens a sua autêntica fala. Nem sempre é possível ao narrador (ou narradores) exprimir-se com transparência, porque este é um discurso do tempo da clandestinidade. Cabe ao leitor, por expansão ou por extrapolação, dar ao texto o sentido que o código comporta, como neste caso: "Foi nessas noites de intensa vigília que readquiriu a confiança em si. E viu que o caminho não estava irremediavelmente escuro. Só era preciso acender a luz. E a luz veio com a madrugada e os pardais cantando nos muxixeiros. E com as quitandeiras que deixavam no ar um cheiro a peixe fresco". Ou então numa forma mais expressivamente intencional, como noutro conto: "Bati, batuquei na mesa com raiva, com o povo e os meus amigos, roucos do vinho, uma canção de protesto, até despontar a madrugada" (*in* "Marcelina").

Criatividade linguística = consciência revolucionária

a) A uma nova semântica corresponde uma adequada sintaxe

Depois a obra de José Luandino Vieira, também poeta, pintor, capista, ilustrador, vai crescer, e os seis volumes[5] que a constituem ganham uma altura e uma importância notáveis, que fazem dele um grande escritor angolano, um grande escritor africano e um grande escritor de língua portuguesa. No entanto, diríamos que o universo ao longo dos anos por ele explorado, nas suas linhas gerais, está já embrionado nestas dez histórias. Obviamente que nas obras posteriores tudo se decanta, se enriquece, se alarga, se subtiliza. O salto qualitativo em *A Vida Verdadeira de Domingos Xavier*, reafirmado em *Vidas Novas*, se institucionaliza a partir de *Luuanda*, a propósito do qual Alexandre Pinheiro Torres escreveu: "Por todas as páginas ressalta a portentosa e já legendária vitalidade da raça negra, cuja aparente anarquia, como já tantas vezes os sociólogos notaram, é a única maneira ou a única arma de que dispõe para conseguir salvaguardar, em certa extensão, a sua identidade das presas morais e materiais do europeu" ("Luandino Vieira; dez anos depois (1964-1974)", in *O Neo--Realismo Literário Portuquês*, 1977, p. 219 [6].

E o desenvolvimento e aprofundamento do seu pro-

---

[5] De Luandino Vieira foram também editados pelas publicações Imbondeiro, no ano de 1961, *Duas Histórias de Pequenos Burgueses, e 1ª Canção do Mar*, narrativas da fase de *A Cidade e a Infância*, mas que não constam da bibliografia aposta nas suas obras.

[6] A *Luuanda* foi conferido, pelo júri da Sociedade Portuguesa de Escritores, em 1965, o Grande Prémio de Novelística, do que resultou a prisão de quatro dos cinco membros do júri e a extinção e destruição daquela sociedade. O júri era constituído por Alexandre Pinheiro Torres, Augusto Abelaira, Fernanda Botelho, Manuel da Fonseca e João Gaspar Simões, que não votou em *Luuanda*.

Verdadeiro escândalo vertido da sanha de um governo fascista que ficou varado pela coragem demonstrada pelos escritores portugueses que, em plena guerra colonial, não hesitaram em premiar, aliás com inteira justiça, um angolano, escritor de língua portuguesa, nessa altura internado no Campo de Concentração do Tarrafal de Cabo Verde, acusado de terrorista, cumprindo a pena de 14 anos.

cesso estilístico vai sem dúvida acentuar-se progressivamente nos livros seguintes: *Nós, os do Makulusu* e *No Antigamente, na Vida*. Os largos anos de ofício, a solidão de doze anos de cadeia, terão possibilitado uma reflexão sólida, simultaneamente sobre uma melhor apreensão da complexidade do real, que não admite esquematismos (e tão precocemente Luandino conseguiu furtar-se-lhes), como ainda sobre a própria escrita e a consequente organização estrutural do discurso. Para além destes factos, saliente-se o alargamento da área semântica privilegiada por Luandino: o espaço agredido, agora violentado pela guerra colonial, a formação de uma consciência revolucionária, a furiosa repressão policial, o corajoso comportamento dos patriotas que se empenharam nessa luta e sofreram as mais humilhantes torturas físicas e morais, sem que, no entanto, tivesse deixado de acreditar na possibilidade de uma futura sociedade multi-racial. E também aqui José Luandino Vieira se consagra como um dos primeiros, e exemplarmente.

Ele sempre soube, em matéria de tão difícil tratamento estético, evitar a facilidade, a forma cómoda da demagogia. E não é novidade dizer que por isso mesmo a sua obra posterior à *A Cidade e a Infância* vai adquirir características quase insuspeitadas.

O impacte vem da ruptura da linguagem que se cifra, em resumo, na desestruturação do português-padrão e estruturação de uma nova língua[7]. Esta ruptura com a tradição linguística angolana de expressão portuguesa fundamenta-se na dinâmica da própria realidade sociolinguística da sua pátria. Servida por várias

---

[7] Vem do século XIX a utilização de palavras ou expressões das línguas angolanas nos textos em português, inclusive na novela de Alfredo Troni, *Nga Mutúri*, recentemente editada (1973), pelas Edições 70, mas publicada em folhetins nos jornais portugueses *Diário da Manhã* e *Jornal das Coló-*

línguas do ramo banto, e todas elas, de um modo geral, interferindo, ao longo dos séculos, na língua portuguesa. De tal modo que esta, ao nível da oralidade, sofreu profundas alterações de ordem não só lexical, morfológica, sintáctica, como semântica, por interferência sobretudo do quimbundo ou do umbundo, que servem áreas das mais afectadas pela influência da presença portuguesa. E é assim que Luandino Vieira, a partir da língua falada em Luanda pelas gentes dos musseques (e não apenas, é bem claro), onde o Autor se criou, ele próprio utente da língua portuguesa, organiza uma língua literária bebida numa nova memória (reserva). Trabalho de criação, de invenção, que rompe com a tradição e atravessa o espaço textual e escritural e avança, obra a obra, numa revelação criadora surpreendente. Surpreendente dado que não se trata de transpor, pura e simplesmente, a língua oral para

---

nias, no ano de 1882. Retomado o processo pelo romancista Assis Júnior, *O Segredo da Morta* (1934), e outros escritores angolanos do período de 1930-1940, é, no entanto, sobretudo com a geração de *Mensagem* (Luanda, 1951-1952) que o problema é encarado com determinação.

Num ensaio que consideramos importante e "histórico", pela natureza do seu conteúdo cultural e ideológico, e em atenção à data em que foi escrito, o então jovem Costa Andrade, nessa altura exilado em Itália, questionando, entre o mais, o problema da nova escrita angolana, afirmava: "Chegamos à conclusão que o uso imediato das línguas angolanas — o umbundo, o quimbundo, o quikongo ou o ganguela — era impossível, portanto os escritores começaram a introduzir termos vernaculares nas suas obras sempre que a fidelidade à ideia, a objectividade ou a clareza o exigiam, e que uma tradução poderia alterar o sentido" ("L'Angolanité de Agostinho Neto e António Jacinto", in *Présence Africaine*, nº XLII, 3º trimestre, 1962, pp. 76-91), [número dedicado a Angola]. É possível que, entretanto, outros factores viessem a interferir, em certos casos e em certos autores: a afirmação da personalidade cultural angolana ou uma forma de iludir a Censura.

É evidente que Luandino Vieira, anos depois, ultrapassa essa necessária fase inicial do convívio linguístico para alcançar, como é fácil verificar nas sua obras, uma nova linguagem escrita.

a linguagem literária ou, no menos, dar-lhe uma correspondência, como cremos ser o caso do grande escritor nigeriano Amos Tutuola em *The palm-wine drinkard*. Não. Luandino Vieira reinventa. Senhor do sistema, torna-se sujeito inovador, dando-se à prática do investimento linguístico, avançando na criação de novas palavras, por justaposição, por sufixação, por analogia, etc., e ainda por introdução de novas cadeias sintagmáticas, deslocações várias na relação das categorias gramaticais, inversões, e isto por certo não é tudo o que explica o fascínio da sua linguagem[8]. Digamos que a uma nova semântica corresponde uma adequada sintaxe.

b) Uma das fontes: o processo narrativo oral popular

Neste aspecto é na verdade difícil, a partir da sua obra de estreia, *A Cidade e a Infância*, prefigurar o futuro (actual) Luandino Vieira.

É difícil mas, lida com certa atenção, há naquela obra indícios reveladores. A carga de oralidade luandense dada através de signos oriundos do léxico angolano é já importante. Signos, sintagmas, frases.

Além de que o próprio estilo denuncia uma sensibilidade aberta ao enriquecimento de novas formas de narrar marcadas pelo processo narrativo oral popular, veio que terminaria por ser a fonte de oiro que rasgaria a Luandino as perspectivas de um estilo pessoal e *angolano*. Estilo pessoalíssimo que, por ser angolano, influenciaria uma

---

[8] "O autor, enquanto criador, inventa o seu 'discurso' (ou fala). Não inventa a 'língua'. Mas a História diz-nos que, em certas épocas, em certas condições sociais e políticas, o papel dalguns autores foi importante para a estabilização duma língua." (José Martins Garcia: "Luandino Vieira: o anti-*apartheid*", in *COLÓQUIO/Letras*, nº 22, 1974, p. 43).

franja larga de ficcionistas angolanos. Detectável já nos anos anteriores à independência nacional, em suplementos literários de Angola, e agora generalizado em algumas narrativas recentemente publicadas em livro, sem que isto signifique a monopolização da tendência para um único estilo, dada a diversidade de níveis de língua em Angola.

A marca do processo narrativo oral popular de Luandino é elucidativa sobretudo na estória "Faustino", que abre deste modo "Contarei agora a história do Faustino". E que termina assim "Não foi a Don'Ana que me contou, não senhor. Nem fui eu que inventei. Esta história eu vi mesmo, outra parte ele mesmo me contou". Como se vê, dois momentos do conto (o da abertura e o do fechamento) notoriamente identificados com o estilo de narração oral. Outro apontamento, a este respeito, fundamentá-lo-íamos na estória "Quinzinho". Narrada na primeira pessoa. Mas há nela, para a época, se não estamos em erro, uma novidade: enunciado desenvolvido numa relação de *eu/tu*: narrador e um segundo interlocutor, o Quinzinho. Interlocutor mudo, já que vai dentro do caixão: "Vais a enterrar, Quinzinho, vais quieto como nunca foste". Ou: "Lembras-te Quinzinho, naquele dia a gente atravessou a baía e o mar estava mau..." São apenas dois exemplos extraídos de uma narrativa organizada toda ela em discurso directo, e nos recuados anos de 1957, num diálogo permanente em que, embora Quinzinho vá a enterrar, as respostas vão surgindo de modo indirecto, subentendidas na narração do primeiro protagonista: o narrador. Cremos tratar-se de uma antecipação em relação à literatura portuguesa, dado que só alguns anos depois o processo seria utilizado por Almeida Faria em *Rumor Branco* e só ulteriormente generalizado. Mas não cremos de modo algum que esta "antecipação" de José Luandino Vieira tenha alguma coisa a ver com as inovações trazidas por tudo quanto esteve relacionado com o chamado *nouveau roman*, de origem francesa. Luandino tinha à mão uma instituição social de larga significação e acreditamos ter sido ela a fonte da sua inspiração: as cerimónias fúnebres, designadas em Angola de óbito e que nas sociedades tradicionais africanas assumem profundas e complexas significações, sendo certo que um dos seus aspectos não menos característicos é o diálogo travado entre os familiares e o morto[9], que adquire aspectos mais relevantes do que os que por vezes se observam, em forma de narração, em certas zonas e estratos sociais de Portugal (forma aliás generalizada a outros países e sociedades). Eis por que também, neste aspecto, o Autor teria avançado para a construção de um quadro original a partir das fontes retintamente culturais populares.

Do caos se fez espaço sagrado = libertado

Enfim, aqui estão ao nosso alcance dez estórias, escritas, a mais antiga em 1954 e as últimas em 1957, em Angola, na cidade de Luanda, "a nossa terra de Luanda", expressão que Luandino Vieira, em livros posteriores,

---

[9] Em relação a Angola anotemos as observações de Óscar Ribas in *Missosso — literatura tradicional angolana*, 3º vol., Luanda, 1964, p. 225: "Os dizeres especiais, quais teclas de sentimentalidade, representam, em vibrante combinação, adágios, lamentações, súplicas. E o rosário do pensar, embora disposto em moldes adequados, doridamente se solta numa intensidade arrepiante.
Mas não é só o pranto em si, o modo como se profere, que se condensa em norma. Também o momento, o tempo em que se profere, se fixa no mesmo enquadramento". E adianta ainda: "Enquanto o cadáver, logo após o passamento, não estiver decentemente preparado, não para o ataúde, mas para as primeiras horas, e, também, enquanto a casa não sofrer a arrumação necessária, chora-se baixinho, sem alarme. E quando se lava e amortalha o corpo, nem mesmo baixinho se chora. Afora esses casos excepcionais, a dor explode sem limitações, quer de intensidade quer de oportunidade".

haveria de utilizar com frequência. Dez estórias que, no seu conjunto, e na sua capacidade significativa, então já ultrapassavam o realismo crítico mercê da relação que o narrador estabelece com algumas das suas personagens ou com os próprios acontecimentos narrados, deste modo apontando já para as características do realismo socialista. O espaço profanado pelo outro, pelo colonizador, é uma realidade evidente na agressão, na repressão, na destruição do Ser. O Caos está implantado. Mas os sintomas da reabilitação do Ser, da reconstrução do espaço sagrado (Luanda = Angola), começam a desenhar-se. Desenvolvem-se condições para a apreensão e consciencialização das profundas contradições de uma sociedade colonialista. A História veio confirmá-lo. O Cosmo se reorganizou. Angola é espaço sagrado. Espaço libertado. Através do heroísmo da luta armada. O Angolano, ao fim de 400 anos, reencontrou a sua identidade[10]. Luandino Vieira foi um dos que integraram a sua capacidade criadora nessa luta maior que era a de libertar o seu país.

Apetecia-nos hoje pôr-lhe aqui esta pergunta:
— E agora, Luandino?

Manuel Ferreira
Linda-a-Velha, 5 de Outubro de 1977

---

[10] "Como dantes, temos nas nossas mãos uma herança cultural bipolar, fenómeno que talvez, por força das circunstâncias, venha a ser uma necessidade histórica durante anos. Mas talvez melhor que dantes possuímos agora todos instrumentos de trabalho que durante séculos nos foram negados. Possuímos também uma experiência amadurecida na adversidade e na luta ao pé da qual a experiência dos anos 50 se revela infantil. E sobretudo somos um povo livre, livre de criar o novo, livre de recriar o velho em 'nova' forma, livre de exprimir sem considerações de clandestinidade ou de repressão" (Henrique Abranches, "Reflexões sobre cultura angolana — Encorajar a linha política justa instituindo uma cultura ao serviço do povo", in *Jornal de Angola*, Luanda, 25-2-1977).

A abrir
Prefácio à 1ª edição (1960)

Desvaneceu-me o teu convite, meu caro Luandino Vieira!

Não se convidam indivíduos como eu para apresentar alguém, muito menos um livro. Foi decerto a amizade que te ditou a atitude, e ela mesma me impõe o dever de aceder.

E mais forte se torna essa imposição porquanto o teu livro é uma mensagem de Amor e Fraternidade, traz *"palavras que faziam de todos os portos do mundo, portos de todo o mundo"*.

De *A Cidade e a Infância* dirão os críticos o que melhor não sei dizer, poderão acusar-te de pouca segurança por vezes, falta de maturidade talvez, de vires um pouco atrasado... mas a estreia será (estou certo) auspiciosa!

"Não foi a Don'Ana que me contou, não senhor. Esta história eu vi mesmo..." Por isso são tão quentes as tuas palavras. São horas que viveste, palavras que vêm do mais profundo de ti sem que as tenha ditado o sonho. Ofereces-nos o testemunho de uma época não muito distante no tempo, mas grandemente afastada na suces-

são das imagens da nossa cidade. Os acontecimentos são mais velozes que o tempo. Não pára o filme da vida.

Assim, não são flagrantes já esses painéis que expões. Os teus contos são do tempo *"de batuques defronte da loja do Silva Camato"*, *"de quando não havia fronteira de asfalto"*. A tua *"primeira homenagem a um poeta... que nunca chegou a florir"*.

Novas imposições quebraram o ritmo e a multiplicidade dos "grandes desafios" de então. Eram outras as canções de roda em noites de luar no morro, como escreveu o Poeta, outras "as brincadeiras do antigamente". Havia mãos pretas e mãos brancas segurando os ramos das mesmas gajajeiras, pés iguais, pisando o mesmo chão das Ingombotas. *"As casas de pau-a-pique e zinco foram substituídas por prédios de ferro e cimento, a areia vermelha coberta de asfalto negro e a rua deixou de ser a Rua do Lima."*

Ricardo e Marina estão agora mais distantes, e da casa do Zito à do João Maluco, do mulato Armindo ou do Calumango, quantos abismos... *"depois de deixarem de ter sonhos de papel de seda"*.

Embora sejam amigos (Amigo de stress nunca deixa de ser Amigo), vivem realidades diferentes que os conduzem talvez ao mesmo fim, mas são tão opostas suas vidas, suas fomes, seus novos conhecidos, seus empregos, seus bairros, seus lares. Iguais por vezes os sonhos. Iguais decerto as recordações...

Mas foi então que nasceram confianças e as mãos se apertaram e os poetas cantaram mais alto Sambizanga, o mais cantado, e outros musseques de Luanda. Quando juramos *"não mais falar da cor"* de todos os homens...

Eis a tua mensagem de Amor, que ninguém destruirá porque não há força capaz.

O teu livro, um pouco de todos nós e da terra imensa,

é uma época que as crianças de agora não vivem e muitos não entendem mas um dia virá, meu Caro, que fará dos "portos do *mundo* portos *de todo o mundo*". Um dia virá...

Costa Andrade, 1960

1ª EDIÇÃO [2007] 5 reimpressões

ESTA OBRA FOI COMPOSTA PELA SPRESS EM GARAMOND E IMPRESSA PELA
GRÁFICA BARTIRA EM OFSETE SOBRE PAPEL PÓLEN BOLD DA SUZANO S.A.
PARA A EDITORA SCHWARCZ EM MARÇO DE 2020

A marca FSC® é a garantia de que a madeira utilizada na fabricação do papel deste livro provém de florestas que foram gerenciadas de maneira ambientalmente correta, socialmente justa e economicamente viável, além de outras fontes de origem controlada.